LAS CENIZAS FÉRTILES

CAUTE PUBLISHING
AMSTERDAM

LAS CENIZAS FÉRTILES

Mateo Rodríguez-Braun

FICCIÓN LITERARIA
Caute publishing
Amsterdam

Las Cenizas Fértiles
Por Mateo Rodríguez-Braun

3ra edición, agosto 2025

Ilustraciones y arte de portada: Hezi Yelen

Caute Publishing, Amsterdam
ISBN: 979-8-9888385-4-8

 CAUTE PUBLISHING
AMSTERDAM

La Torre Windsor en Madrid,
aquel fatídico día 12 de febrero de 2005

PRÓLOGO A LA TERCERA EDICIÓN

La noche del sábado 12 de febrero de 2005, el cielo de Madrid se tiñó de amarillo y rojo. Aunque yo estaba fuera de la ciudad, el domingo me quedé sin batería en el móvil por la cantidad de llamadas sobre el tema. La Torre Windsor, que quedó calcinada en pocas horas, era mi lugar de trabajo. Las imágenes del incendio y del esqueleto del edificio en televisión me hicieron pensar en cómo los celos se parecen a un incendio, destructivos, alimentándose del aire que lo rodea y muy difíciles de controlar una vez que son demasiado fuertes.

En Las cenizas fértiles, ese incendio se convierte en símbolo de la envidia, que para mí, es el peor pecado del mundo. La vida de Alberto Achares se consume como el Windsor: su deseo de ser admirado por su hija, de superar al nuevo marido de su exmujer, lo lleva a cruzar límites éticos y legales. Pero como aprendí años después, el fuego no siempre es el final.

Durante una conversación con mi primo, Patricio González Vivo, descubrí su obra Efecto mariposa —una instalación con cenizas que representaba un ecosistema completo donde el espectador se convierte en artista y puede destruir y reconstruir. Me habló de cómo las cenizas volcánicas pueden convertirse en abono fértil, y esa idea me cautivó. Comprendí que los celos, aunque destructivos, pueden ser el inicio de algo nuevo si se canalizan hacia el bien. De ahí el título: Las cenizas fértiles.

Esta novela, sustentada en la envidia, es la primera entrega de la heptalogía de los siete pecados capitales, que estarán relacionados con el mundo empresarial. Estos impulsos —al mismo tiempo debilidades personales y fuerzas que moldean decisiones de empresas y personas— atravesarán las tramas como corrientes subterráneas que condicionan el destino de los protagonistas.

Mateo Rodríguez-Braun

Madrid, agosto 2025

A Mateo, Juan, Tilda y Carlos

Precio

Toda la vida estaba
en tus pálidos labios...
Toda la noche estaba
en mi trémulo vaso...
Y yo cerca de ti,
con el vino en la mano,
ni bebí ni besé...
Eso pude: eso valgo.

Dulce María Loynaz

CAPÍTULO 1

Sentado en la sala del Consejo del Grupo Auriv, en la planta dieciocho del edificio Windsor, mientras Rufo lanzaba un discurso a banqueros y abogados, mis ojos estaban fijos en la chimenea de la sala. Una de mis ilusiones había sido tener una chimenea, pero, con el paso del tiempo, igual que casi todos los demás sueños, se había desvanecido como una aspirina efervescente. Sin embargo, en sólo quince días, el mundo había cambiado de manera radical y me imaginaba disfrutando con mi hija de una gran chimenea encendida, con un vivo fuego que nos calentase la cara y nos hiciese sonreír.

Dos semanas antes, un viernes de mayo por la tarde, yo seguía en la oficina, en la planta quince de la torre Windsor. El resto del departamento, incluida mi jefa, Diana Lid, la directora de contabilidad, se había ido a casa, pero yo no tenía ningún aliciente para volver a mi apartamento. El cierre contable del mes de abril estaba terminado y eso significaba que teníamos por delante varias semanas relajadas hasta el cierre de mayo. Después de varios bostezos, cerré una carpeta naranja con información de Lagoena, empresa fabricante de botellas que el Grupo Auriv había adquirido en abril y cuyas cuentas contables tenía que cotejar. Moví la mano para que el reloj bajase por la muñeca y abrí el navegador de Internet. Auriv había restringido las páginas web a periódicos *online* y a páginas oficiales de las diez empresas que el Grupo había comprado a lo largo de la última década, una compañía por año. Muchas de mis tardes se esfumaban entre las páginas web de periódicos extranjeros y, como precaución, tenía un fichero de trabajo abierto, una hoja de Excel repleta de números para cambiar la pantalla en el caso de que alguien pasase cerca. Ese viernes, aunque toda la planta quince se había marchado, el ancla de la costumbre hizo que la hoja de Excel se encontrase accesible.

Estuve paseando sin interés por varios periódicos hasta que captó mi atención la noticia de una condena que aparecía en la web de un diario económico de Estados Unidos. El nombre del acusado era Taj Tajamantan, y le habían condenado a prisión y multado con cien millones de dólares por *insider trading* o abuso de mercado por información privilegiada. Cuando estaba leyendo la noticia con curiosidad, sonó el teléfono fijo. Era Diana.

—Alberto, menos mal que sigues en la oficina. Tienes que subir a la planta noble, a la sala del Consejo, a llevar una carpeta a don Ricardo. Lo siento, Alberto, te he dejado solo ante el peligro, pero eres el único que sigue ahí y es bastante urgente. Es una carpeta roja.

—¿Roja?

—Sí, roja. Está en mi despacho, en el primer cajón de la derecha de la mesa. Usa la llave que está colgada de la lámpara. Alberto, es importante que no abras la carpeta, te podrías meter en un lío. Ya sabes que hay cazadores escondidos por todas partes.

Don Ricardo Rufo, director financiero, o cfo[1], como le gustaba que le llamaran, y jefe de Diana, era conocido por su agresividad y sus malas maneras. Pese a su fornido y agresivo cuerpo, hablaba con una voz aguda cuyos tonos, cuando se enfadaba, y esto sucedía muchas veces, se alzaban con rapidez como si fuera una soprano cantando. En el Departamento de Contabilidad se rumoreaba que había hecho llorar a Félix, un exjugador profesional de rugby que medía casi dos metros. Muchos opinaban que su carácter pendenciero era fruto de su origen modesto, que intentaba ocultar frente a las genealogías nobles de don Luis Mergalina, presidente de Auriv, y el resto de los miembros del Consejo de Administración. Diana me había contado que, en una reunión con directivos, don Luis, al ver que Rufo llevaba una pulsera ibicenca, murmuró en una voz baja, pero que todos pudieron escuchar, que los adornos y brazaletes en hombres no eran elegantes. Al terminar la reunión, Rufo ya se la había quitado. Confieso que, para mí, tener que ver a Rufo era tan terrible como si a un niño enclenque le obligasen a dar un paseo nocturno en un parque solitario y acompañado por el peor matón de su colegio.

Entré en el despacho de Diana, con el suelo y la mesa repletos de carpetas de diversos colores con tantos papeles dentro que parecía que iban a explotar. En el Departamento de Contabilidad usábamos carpetas de plástico de diferentes colores según el tipo de trabajo, y todas se cerraban con facilidad con una pequeña tira de goma elástica. No obstante, en mis diez años en el Grupo Auriv nunca había visto ni oído nombrar carpetas de color rojo. Abrí el primer cajón de la derecha de su mesa con la llave que estaba colgada de la lámpara y saqué una carpeta roja con un sello estampado en letras mayúsculas, que tampoco había visto antes, con una palabra escrita: «CONFIDENCIAL». Miré nervioso hacia todos lados y, desoyendo la orden de Diana y el acuerdo de confidencialidad que firmábamos los empleados de Auriv, retiré la goma, que saltó al suelo, y leí con ligeros temblores el título: «Auditoría de Metalensa». Me quedé pensativo con la carpeta en el aire. Metalensa era una empresa de metales muy conocida en España. ¿Cuál sería el interés de Auriv? Antes de pasar página, escuché un ruido que me obligó a cerrar rápido la carpeta. Cogí la chaqueta colgada en mi silla, y aceleré el paso hasta llegar a la zona de ascensores de la planta quince.

La sala del Consejo de la planta dieciocho estaba cerrada con dos puertas correderas de madera oscura. Marifé, la secretaria de Rufo, se encontraba hablando por teléfono. Era una mujer gorda que llevaba un diminuto aparato telefónico incrustado en la oreja. Tenía unos brazos rechonchos muy cortos que la obligaban a inclinarse hacia delante para que sus manos llegaran al teclado del ordenador. Sin haber terminado la llamada, preguntó para qué quería ver a don Ricardo. Cuando contesté, levantó su corto brazo y señaló el lugar donde debía aguardar a que don Ricardo me recibiese. Me senté en uno de los tres sofás blancos en forma de «u» que rodeaban una mesa de centro de cristal con una jarra de agua y varios vasos. Coloqué la carpeta roja con el sello de «CONFIDENCIAL» encima de la mesa y la abrí para ver el detalle de las cuentas de ingresos y gastos de Metalensa, así como su balance. Me pregunté si el Grupo estaría pensando en adquirir esa empresa. Era extraño por dos razones: primero, acabábamos de comprar Lagoena el mes anterior y Auriv sólo había adquirido una empresa por año en la última década, y segundo, el Grupo nunca había comprado una empresa del sector metalúrgico.

Entonces recordé que esa semana alguien había comentado algo sobre Metalensa; el precio de sus acciones había bajado considerablemente por la previsión de malos resultados del semestre. Si el apetito de Auriv fuese cierto, su valor subiría cuando comunicaran la compra de manera oficial, ya que siempre que una empresa es adquirida, aumenta el precio de sus acciones. Conociéndolo de antemano, sería muy fácil ganar dinero, porque se podrían comprar acciones antes de que el mercado estuviese informado y vender después del anuncio público de la adquisición de Metalensa por Auriv.

Empecé a imaginar en qué podría gastar el dinero, pero paré porque me había parecido oír ruidos dentro de la sala del Consejo y cerré la carpeta roja como un nervioso estudiante copiando en un examen. Sin embargo, sólo era el monólogo de Marifé que, sin parar a respirar, hablaba de continuo hacia un sufrido receptor al otro lado de la línea.

Bebí agua y esperé unos minutos para volver a abrir, con manos temblorosas, la carpeta roja y revisar su contenido. Si utilizaba esa información confidencial, podría comprar un coche y un catamarán para mi hija, y alquilar en verano una casa en Las Violetas, una casa con una chimenea. Sólo tendría que invertir en acciones de Metalensa lo poco que había ahorrado.

Moví otra vez la cabeza, no podía hacerlo. La cnmv[2] podría descubrirlo y tendría una mancha negra en mi historial que nunca lavaría, nadie me contrataría o, peor aún, acabaría en la cárcel inculpado por información privilegiada. En ese momento, no tenía claro si en España se podía ir o no a la cárcel por utilizar información privilegiada, pero solamente esa posibilidad hizo que todo mi cuerpo temblara y que aparecieran en mi mente escenas de un documental sobre las cárceles en Sudáfrica que había visto por televisión. Rufo salió de la sala del Consejo y mi viejo traje gris se avergonzó de su traje azul de raya diplomática. Apartó el teléfono móvil de su oreja.

—¿Tú eres el que me buscaba? —Preguntó y se dio la vuelta sin esperar contestación.

Como un resorte, salté del sofá y tiré el vaso y el agua, que cayó sobre la mesa y sobre el sofá blanco. Levanté la cara esperando la reacción de Rufo, pero él ya había entrado en la sala. Limpié como pude el sofá con una servilleta, me la metí en el bolsillo del pantalón y traspasé las dos puertas de entrada a la sala del Consejo como un acusado que espera la decisión del tribunal.

Rufo hablaba por teléfono de espaldas a mí, entre dos macetas grandes con plantas frondosas de más de medio metro de altura. Su cara estaba muy cerca de uno de los grandes ventanales de la sala desde donde se veía el paseo de la Castellana. No presté atención a las frases que Rufo pronunciaba porque mis ojos revolotearon por toda la sala del Consejo. En el centro había una gran mesa de madera de caoba con grandes sillones tapizados de cuero negro alrededor, no eran sillas, como hubiese esperado, y un cenicero que sostenía un cigarrillo con olor a menta en una boquilla dorada. Aunque me quité las gafas para enfocar, no pude distinguir los nombres grabados en las placas adosadas a los respaldos de los sillones. De repente, vi de soslayo una enorme chimenea de mármol.

En ese momento, Rufo dejó el teléfono móvil encima de la mesa, se sentó en un sillón e indicó con un gesto que me sentara en el asiento de enfrente. Rufo, que ocultaba sus treinta y cinco años tras su pelo blanco canoso, tenía la mirada penetrante de una persona que había nacido para mandar, a despecho de sus humildes comienzos.

—¿Para qué querías verme?

—Don Ricardo, soy Alberto Achares, de contabilidad. Diana Lid me ha pedido que le entregue esta carpeta.

Agarró la boquilla dorada y la acercó a su boca, aunque la alejó con lentitud sin haber fumado, enfocando su atención en la carpeta roja. Mientras examinaba los papeles que contenía la carpeta, observé con detalle y envidia su traje azul con raya diplomática, que le apretaba la cintura como una camisa de fuerza, reforzando sus músculos. En cambio, la calidad de antaño de mi traje gris había desaparecido con el paso del tiempo; hacía ya más de diez años que había ido con mi hija al sastre para hacerme ese traje a medida. Empecé a percibir un fuerte olor que no supe reconocer.

—¿Qué vas a hacer con esta información?

—Perdón, don Ricardo, no le entiendo.

—¡Me tomas por tonto! —gritó con voz aflautada—. ¿Dónde está la goma con la que se cierran todas las carpetas?

—Cálmese por favor, porque yo no he hecho nada.

—Esta información puede hacerte rico y lo sabes. Tú no me puedes engañar, lo veo en tus ojos—. Durante varios segundos, fijó sus ojos azules en los míos, marrones y de vista cansada por el uso de gafas, hasta que por fin abrió la boca para reírse y golpear sus rodillas con las palmas de las manos. Mientras, yo masajeaba la servilleta en el bolsillo porque no sabía qué hacer con las manos. Paró de reírse y dio dos caladas a la boquilla dorada mientras se secaba las placenteras lágrimas con un pañuelo en el que se veían sus iniciales bordadas—. No te asustes, muchacho, era una broma.

Rufo recibió una llamada. Dejó el pitillo en el cenicero y

caminó hasta la pared. Yo había pensado que estaba decorada con extraños colores grises y negros, pero cuando agudicé la vista, comprobé que era un cuadro de arte moderno. Ocupaba la mayor parte de la pared y sus pinturas parecían haberse corrido, como si hubiesen dejado el cuadro un día de lluvia al aire libre. Cuando Rufo terminó de hablar, me levanté y, mientras giraba la muñeca para hacer bajar el reloj, le dije:

—Don Ricardo, me gustaría asegurarle que yo…

—¿Es un Rolex Submariner?

—Sí, es un regalo de mi padre.

Agarró mi brazo y miró con detenimiento el Submariner para después alargar su mano y enseñarme su reloj. Rufo contó con soberbia que era un Patek Philippe, y que muy pocas personas podían permitírselo, entre ellas don Luis, y que lo había comprado con su primer bonus de Auriv. Con lentitud, retiró su mano y yo, improvisando una despedida, me preparé para escapar de la sala del Consejo. Pero antes de salir comprobé que Rufo concentraba su atención en la carpeta roja, inclinando la espalda hacia adelante para revisar los papeles. Desde el sacro a la cabeza, la columna asemejaba una curvatura perfecta donde todas las vértebras querían avanzar para poder revisar la información de Metalensa.

Mientras esperaba frente a la puerta del ascensor, saqué la servilleta blanca, arrugada y rota, al tiempo que mascullaba con los dientes apretados: «¿Qué se ha creído, que sólo él puede tener un buen reloj? ¿Por qué me he callado? ¿Por qué le tengo miedo?». Básicamente, porque aun cuando él era quince años más joven, estaba en un puesto al que yo ni siquiera aspiraba y porque además podía echarme cuando quisiera. Resoplé pensando que Rufo me llamaba «muchacho» a pesar de que él era un treintañero y a mí me quedaban menos de seis meses para cumplir media década.

Refunfuñando en la mesa, abrí el navegador para entrar en las páginas web de varios periódicos internacionales. Un par de horas más tarde, sobre las siete, con toda la planta quince vacía, cansado de leer y releer noticias, arrastré los pies hacia los ascensores. Entré despacio en el ascensor mirando al suelo, pero di un respingo al oír un flautín.

—Con el mes cerrado y te quedas el viernes por la tarde.

Rufo estaba apoyado frente al espejo del ascensor y pensé que sus ojos azulinos me miraban con arrogancia. Farfullé un saludo ininteligible y quedé en silencio mientras el ascensor descendía las quince plantas. Salí apresurado de la torre Windsor, cuyos cristales se estaban oscureciendo con la misma lentitud con la que desaparecía la luz del sol y caminé por la calle Raimundo Fernández Villaverde. Antes de girar por la glorieta de Cuatro Caminos hacia Tetuán, donde estaba mi apartamento, guardé el Rolex Submariner en el bolsillo por miedo a que me atracaran en esas calles poco transitadas. Un grupo de adolescentes bien vestidos me adelantó riéndose y tuve la sensación de que se reían de mí igual que Rufo. Ellos continuaron su camino sin mirarme y me quedé parado en Cuatro Caminos durante unos minutos.

En mi apartamento cené, como todas las noches, delante del televisor, en mi viejo sofá, cuyos muelles oxidados por el paso del tiempo protestaban cada vez que me sentaba. Veía sin interés una película hasta que una pareja comenzó a besarse, entonces agarré el mando y cambié de canal, pues hacía mucho tiempo que, como si fuera una reacción química, no soportaba ver escenas románticas o eróticas. Puse el canal de documentales, con el que solía quedarme dormido. Esa noche el programa relataba la vida de Ramón Mercader, un comunista español que asesinó a Trotsky en México por orden de Stalin. Ganándose la confianza de Trotsky, había conseguido una reunión a solas con él y le había atravesado el cráneo con un punzón de hielo. El gobierno comunista denegó su responsabilidad y Mercader fue condenado por asesinato a veinte años de prisión, pena máxima en México en aquella época. Fui adormeciéndome con lentitud para acabar encallado en el sofá sin escuchar los quejidos de sus muelles.

CAPÍTULO 2

El lunes de la siguiente semana llegué a la oficina treinta minutos tarde y saludé alzando los ojos al resto del equipo de Diana Lid, aunque sólo Pedro López contestó, con el mismo gesto. Delante del ordenador, todavía apagado, divagué la mente retrasando el momento en que tendría que encenderlo y comenzar mi rutinaria semana. Diana interrumpió el proceso porque salió de su despacho hablando con un joven que tenía el pelo corto y unas grandes gafas de pasta azul claro que resbalaban por su nariz. Era el director de Comunicación Institucional del Grupo Auriv, cuya labor consistía en fabricar presentaciones en PowerPoint. De ahí que muchos le llamáramos el «*powerpointinero*» o el «*CPPO*» (*Chief Power Pointing Officer*). Lo saludé, pero Pedro sólo emitió un gruñido que hizo mover las marcas de su mejilla derecha. Diana, después de acariciar un collar dorado que le rodeaba el cuello, le palmeó en la espalda.

—Ahora tendrás mucho trabajo con la Junta General de Accionistas. Nosotros estamos tranquilos porque quedan un par de semanas hasta el cierre de mayo.

—Sí, aunque la Junta se celebra dentro de un mes, ya estamos pensando en el *storyboard* y en las *slides*.

—Aquí presentamos los cierres contables en Power Point, si no, nadie lo creería.

—Así es. No nos damos cuenta de lo importante que son las presentaciones, es lo que mueve de verdad el negocio.

Como digo siempre, si la estrategia no queda bien en Power Point, entonces hay que cambiar la estrategia.

Después de la risa nerviosa con la que celebró su chiste, Diana le despidió con dos besos y, antes de entrar en su despacho, comunicó al equipo de contabilidad que en diez minutos tendríamos el comité de los lunes para preparar la semana. Cuando cerró la puerta, Pedro me pidió que le acompañara a la cocina de la planta quince.

—¿Quién se cree el *powerpointinero*? ¿Su novio? ¿Por qué lo invita al despacho? Le tocaba la espalda como si fuera su novio —dijo Pedro imitando el gesto de Diana.

—A mí me da igual, sólo quiero ver este fin de semana a mi hija sin problemas.

—Sin problemas. ¿Sigues recordando la pelea? —preguntó mientras se preparaba un café.

—Uno de los pocos temas en los que me obedecía era la prohibición de ir en moto y a Palanca no se le ocurre otra cosa que comprarle una motocicleta. ¿Qué iba a hacer? Me enfadé y ya sabes el resultado. Es difícil ejercer autoridad cuando sólo la veo cada dos fines de semana. Es culpa de Palanca, si no fuera por él, la relación con ella sería perfecta. Lo que no entiendo es por qué no hace las paces con su hija y deja a la mía en paz.

—Culpa de Palanca, ¿por qué? ¿A él lo respeta?

—No lo sé. Supongo que disfrutará con los planes que hace, barcos, caza, viajes…, y lo admirará porque está todo el día con ministros y famosos. Menuda comparación con su padre; llevo quince años haciendo y ganando lo mismo, cinco en el Banco de Cabárceno y diez aquí. Sólo falta que el próximo año me bajen el sueldo, iría para atrás, como los cangrejos.

—Sí, como los cangrejos. Poco podemos progresar nosotros en Auriv.

—Por lo menos tú no tienes hijos; yo, además de ser un fiasco en el trabajo, soy un fracaso como padre.

Al decir esta última frase, Pedro bajó los ojos, tocó las marcas de su mejilla derecha y salió sin decir palabra, dejando su café intacto en la mesa de la cocina.

Antes de que empezara el comité, Rufo, con la chaqueta abrochada y un pañuelo blanco en la solapa, entró sin pedir permiso en el despacho de Diana. En su recorrido, varios empleados se habían levantado a su paso, dibujándose en la cara de todos un gesto de sorpresa por su aparición en la planta quince, ya que Rufo era una persona a la que rara vez veíamos, porque él casi nunca salía de la planta noble. Cuando Diana tenía que presentarle los cierres mensuales, era ella la que subía con las carpetas a la planta dieciocho y Rufo la recibía en su despacho o en la sala del Consejo, que, desde hacía algunos meses, se la estaba apropiando.

Encendí el ordenador y comencé mi periplo por los periódicos internacionales. No leía la prensa nacional para no recordar a Cristóbal Palanca, nuevo marido de mi exmujer. Palanca era un magnate de la comunicación que, pese a comenzar su carrera mediática con un solo periódico, *La Nación*, había conseguido acaparar con velocidad desmesurada todos los periódicos, radios y televisiones del país. Aun cuando tenía que continuar con la auditoría de Lagoena, la empresa embotelladora recién comprada por Auriv quería esperar a la reunión donde Diana nos repartiría los temas a trabajar durante la semana. Leí los pormenores del caso de Taj Tajamantan hasta aburrirme y decidí avanzar con el trabajo pendiente. Saqué una carpeta naranja con las cuentas del inmovilizado de Lagoena, pero con las cuentas en las manos, las volví a meter en la carpeta y me dirigí hacia el cuarto de baño. En ese momento, Rufo salió del despacho, me empujó hasta casi hacerme caer al suelo y desapareció de la planta quince tan rápido que a nadie le dio tiempo a incorporarse.

De pie en la puerta de su despacho, Diana proyectaba una imagen ambigua. Su belleza, resaltada por un cuerpo delgado y equilibrado que reflejaba su larga trayectoria en artes marciales, contrastaba con la forma agresiva de agarrar su collar, como una amazona preparada para la batalla, y la expresión dura que se abría camino bajo el maquillaje. Cerró la puerta de su despacho y estuvo allí dentro durante el resto de la mañana. Pedro, que había colocado la oreja en la puerta varias veces, comentó que la había escuchado hablar sola, alzando su voz.

Sobre la hora de comer, recibí una llamada de Marifé, la secretaria de Rufo, para que subiera a la sala del Consejo. «Señor Achares, otra vez por aquí. Si viene tanto es que es usted importante, fíjese que don Ricardo rara vez recibe dos veces a la misma persona en tan poco tiempo».

Cuando se escuchó un silbido agudo en la sala del Consejo, Marifé me indicó con su gran brazo que entrase y, dentro de la sala, reconocí el olor fuerte del viernes. Era azufre. Rufo, sosteniendo la boquilla dorada en la boca, señaló un sillón que daba la espalda a la chimenea. Se acercó a la ventana y, entre los dos macetones, observó durante varios minutos el paseo de la Castellana, hasta que se sentó a mi lado.

—Alberto, tú y yo nos conocemos poco, pero por lo que he visto, pareces una persona en la que puedo confiar. Tengo la certeza de que si alguna vez tuviese un secreto, podría compartirlo contigo, contaría con tu buena fe. En resumen, me fío de ti —Rufo tomó aire antes de continuar—. Vamos a hacer una opa[3] a Metalensa a través de un LBO, ¿Sabes qué es un LBO? Un *leveraged buy-out*, una compra apalancada. Compraremos la mayoría de las acciones de Metalensa con financiación del Banco de Cabarceno. Haremos el anuncio público el viernes de la semana que viene. —Rufo dejó de hablar durante unos segundos sin apartar su mirada—. ¿Alcanzas a comprender la confianza que he puesto en ti? Esto es muy confidencial y tenemos que ser tajantes, muchacho. Como salga algo a la luz pública, nos saldrá carísimo. Te lo repito para que te quede muy claro: si llega a saberse que Auriv va a comprar Metalensa, nos costará mucho más de lo que vamos a pagar. —Retiró la boquilla dorada de su boca y exhaló humo mentolado en forma de circunferencias perfectas que giraban sobre sí mismas hasta desvanecerse. Apoyó los codos en la mesa haciendo que surgieran unas mínimas arrugas de su apretado e impoluto traje—. Te voy a hacer una propuesta, ¿Qué contestarías si te digo que podríamos comprar acciones de Metalensa ahora mismo, cuando todavía queda una semana para el anuncio de la adquisición por Auriv? Sabemos que después de que lo anunciemos las acciones subirán como la espuma y podrás ganar mucho dinero sin esfuerzo. El valor de la compañía hoy es mayor que su precio, hasta un idiota se daría cuenta de esto. Sólo hay que aprovechar el momento. Estamos hablando de que podrás ganar medio millón de euros en un día —después de una pausa, se reclinó hacia atrás y añadió— No sólo eso, muchacho, tendrás acceso a un puesto de dirección, serás un directivo del Grupo Auriv. Necesito a alguien cerca de mí, y te he elegido a ti. Piensa que esto es un premio, un regalo de bienvenida. ¿Qué te parece?

Rufo dio varias caladas seguidas a su boquilla y el sabor a cigarrillo se mezcló en mi nariz con el ambiente sulfuroso de la sala. Miré hacia un lado para evitar el olor y, mientras observaba el cuadro de arte moderno con los tonos grises corridos, el dinero y la nueva posición retumbaron en mi cabeza. Sin embargo, la posibilidad de ir a la cárcel por actuar con información privilegiada llevó el rápido enriquecimiento al fondo del mar.

—Contestaría que no estoy interesado —dije mirando al suelo—. Las operaciones de bolsa con información privilegiada son ilegales.

—No hay ningún peligro, muchacho, lo haremos a través de una sociedad que tengo en la Isla de Man. Hazme caso, que tú y yo jugamos en la misma liga.

—Nos podrían descubrir y no quiero ir a la cárcel.

—¿Quién ha ido a la cárcel en España por esto? Nadie, ni uno de los pocos que ha podido pillar la CNMV. Solamente está penado si el beneficio supera los seiscientos mil euros o si la información nos la proporciona un funcionario público. ¿Ves a algún funcionario por aquí? Incluso las operaciones en las que se ha sobrepasado esa cantidad terminan sin pena de cárcel, porque la pena ha sido siempre menor a dos años, y si es la primera vez que te condenan, no es necesario ir a la cárcel.

—La semana pasada condenaron a una persona a prisión.

—Sí, Taj Tajamantan, pero eso es en Estados Unidos.

¿Cuándo has visto a alguien ir a la cárcel en este país por eso? Te repito que no es delito penal si no es más de seiscientos mil euros —dijo con voz aflautada—. Todo lo que te puede pasar es que pagues una multa, que será menor de lo que has ganado, porque las multas se calculan en función de tu patrimonio y tus ingresos, y hay muchas formas de engañarles. En España, estos casos rara vez salen en prensa, la información privilegiada no le interesa a nadie. Te voy a poner un ejemplo: hoy han condenado a José Rubio, un miembro del Consejo de Administración de Teleburguer. Este Rubio sabía que el dueño de Teleburguer iba a comprar un gran paquete de acciones de una empresa que había fundado un chileno o un argentino... ¿Qué más da? En resumen, compró un millón de acciones de esa empresa a través de bancos suizos. La CNMV lo pescó, tuvo un larguísimo juicio y hoy, años después, acaba de ser condenado por el Tribunal Supremo y sólo ha tenido que pagar una multa.

—No puedo, lo siento.

—Parece que no has escuchado todo lo que te acabo de decir. Seguro que en los periódicos y telediarios de esta semana no habrá ni una sola mención, ni siquiera en la sección de economía. José Rubio es amigo de un amigo y por eso conozco el caso, de otra forma no me hubiese enterado. Lo más gracioso es que ahora está en el Consejo de Administración de una empresa farmacéutica, vigilando que se cumpla la normativa del mercado de valores. ¿Crees que a esa empresa le ha importado que estuviera condenado? En absoluto.

—A esa empresa quizás no, pero a la justicia...

—¡He dicho que no! —cortó subiendo el tono a la octava alta como si fuese a cantar—. Te repito que en España esto no interesa. Pero sí hay muchos expertos en Derecho que quieren suprimir las penas y sólo enfocarlo en sanciones. ¿Qué te parece? Nunca pasa nada y encima quieren que deje de ser delito penal.

—Lo siento, pero no me atrevo. Además, el acuerdo de confidencialidad de Auriv dice...

—¡El acuerdo de confidencialidad no vale para nada! Tú lo ibas a hacer de todas formas, ayer lo leí en tus ojos.

—Yo no iba a hacer nada.

—Será mejor que te vayas —dijo. Y señaló la puerta con el dedo índice mientras aplastaba la boquilla en el cenicero, asesinando al cigarrillo mentolado.

Salí corriendo del despacho, y ya en la zona de ascensores de la planta dieciocho estaba arrepentido por haberme negado. Bajé a comer a un bar de la calle Orense. Los cristales de la torre estaban muy claros por la fuerte luminosidad del día. Después de terminar un triste bocadillo, di varias vueltas por el barrio, cavilando que, sin lugar a dudas, había tomado la peor opción.

Por fin regresé y, antes de sentarme de nuevo frente a la pantalla de mi ordenador, Rufo entró una vez más por la puerta, y los empleados armaron un silencioso revuelo a su paso. Si era extraño que un alto directivo entrase en la planta quince, más singular era que entrase dos veces en el mismo día. Caminó con trote ligero por el centro de la planta, sin saludar a nadie, y se acercó a donde nos sentábamos Pedro y yo. Me levanté y le tendí la mano, pero quedó en el aire sin respuesta, porque Rufo agarró a Pedro del brazo, que tenía la boca abierta, y se lo llevó hacia la zona de ascensores mientras yo estrujaba el bolígrafo Bic que tenía entre los dedos hasta hacerlo añicos. Al volver del cuarto de baño, a donde había ido para lavarme las manos manchadas de tinta azul, Diana abrió la puerta del despacho y sonrió con complicidad, como un soldado a otro al finalizar un combate, pero no devolví la sonrisa.

Esperé varias horas a que Pedro bajara, pero a las diez de la noche, de repente, la oscuridad reinó en el edificio. Había olvidado que a esa hora se apagaban las luces, menos las del piso dieciocho, y se bloqueaban las puertas de las plantas. Llamé a la recepción y Paco, el guardia de seguridad, dijo que subiría enseguida a abrirme. En la oscuridad total de la planta quince, escuché unos pasos que se acercaban a mí lentamente, y un fuerte escalofrío recorrió mi cuerpo. Comencé a temblar, imaginando a Paco y sus amigos subiendo a la planta quince para pegarme. Desde pequeño había sentido miedo a la oscuridad y ese pánico no sólo no se había desvanecido con el tiempo, sino que se había acentuado. Cuando caminaba por calles poco transitadas al anochecer, siempre me quitaba el Rolex y lo colocaba en el bolsillo. Los pasos de Paco se hicieron más fuertes y más rápidos y, cuando estaba a punto de gritar, la puerta de la planta se abrió y apareció el guardia cojeando con una linterna. Paco, que era muy obeso, llevaba camisas pequeñas que no cubrían todo su vientre, con lo que, desde la hebilla del cinturón, nacía un triángulo por el cual se veían los pelos de su ombligo. Como además cojeaba, su barriga se movía con el ritmo de su lento caminar.

—Señor Achares, ¿está usted aquí?

—Sí, sí —dije mientras me acercaba a él poniéndome al mismo tiempo la chaqueta.

En el ascensor de bajada, mi corazón latía a altísima velocidad. Paco, en cambio, respiraba como si estuviera dormido. Su gran barriga se movía arriba y abajo cada vez que salía aire de su boca.

—A estas horas sólo están los de la planta noble, es la primera vez que veo a un currito como usted. No me diga nada, el jefe tenía un evento y le ha pedido que se quede a terminar el trabajo. Pero le estará esperando un buen guiso, porque bien cena quien bien trabaja.

Al no recibir contestación, Paco habló, intercalando varios refranes, de lo dura que era la vida de los trabajadores, sobre todo la suya, porque tenía que hacer guardia por la noche en un edificio que siempre estaba vacío, y era aburrido porque no había televisión. Pero dónde iban a contratar a un guardia de seguridad con la pata chueca, se preguntó retóricamente. «En pocos sitios, señor Achares, se lo aseguro. Se lo digo yo, en todas partes cuecen habas», se respondió. Antes de que terminara de abrir la puerta del ascensor, salí corriendo sin despedirme ni agradecerle su gestión.

CAPÍTULO 3

Durante los primeros cinco años de casados, los que trabajé en el Banco de Cabárceno, sufría ataques de celos con Eva, mi exmujer; todo el tiempo la imaginaba con otros hombres. En la oficina del Banco de la calle Capitán Haya, sólo trabajábamos dos personas, mi compañero Ada y yo, y los dos éramos muy celosos de nuestras novias, que pasaron a ser después de casarnos, curiosamente el mismo día, nuestras esposas. Alimentábamos nuestros celos cuando no aparecían clientes en la oficina, porque hablábamos entre nosotros de lo que estarían haciendo en su tiempo libre, con sus amigos, con sus amantes.

Los pensamientos sexuales de mi mujer me perseguían durante todo el día, al igual que los de Ada con la suya. Intercambiábamos imágenes de nuestras mujeres para poder espiarlas. Eva terminó agotando su paciencia por mis celos. Después de que nos separáramos, el año que Auriv compró el Banco de Cabárceno, los fines de semana en los que no estaba con mi hija fueron una falsa bendición, pues sentía que había roto unas cadenas para salir corriendo hacia el pasado. Fui feliz acostándome con otras mujeres pensando que Eva estaría sufriendo los mismos celos que yo había pasado, porque, en mi caso, lo relevante era el impacto que tendría en mi exmujer y no el triunfo nocturno.

Un domingo todo cambió cuando Sol, mi hija, me anunció que su madre se iba a casar con Cristóbal Palanca, en esa época dueño del periódico *La Nación*. El retorno a la juventud desapareció como un avión que despega y se aleja rápido en el horizonte; las noches, los bares y las mujeres habían mutado y yo era una pieza que no encajaba. Dejé de salir y desde entonces malgastaba los fines de semana que no me tocaba ver a mi hija viendo documentales en mi apartamento.

El sábado, justo después de levantarme, con la nariz pegada a la ventana, vi cómo Sol llegaba en la moto negra de pequeña cilindrada que le había regalado Palanca y la candaba a la farola que estaba delante del portal de mi apartamento, que llevaba tantos años rota que no la recordaba encendida. La última vez que estuvimos juntos, dos fines de semana antes, habíamos discutido por el regalo del pequeño ciclomotor. Al recordar a Palanca se erizaron los pocos pelos de mis flacos brazos y volví a pensar en la posibilidad de hacerme rico muy rápido para suplantarle con dos ligeras brazadas. Dos semanas antes, el fin de semana de la pelea, cuando mi hija ya se había ido, había llamado a Eva para quejarme por el regalo de la moto.

—Es que Cristóbal es un padrazo y se vuelca con Sol.

—Pues que se ocupe de su hija.

—Su hija Sofía, sí, bueno, él..., claro, bueno, no se habla con ella, ya lo sabes... Lo importante es que Cristóbal le va a regalar un Audi A3 a Sol si aprueba todo. Ya sabes que es su coche preferido, así no tendrá que venir en moto. Así que no tendrás que preocuparte, ¿verdad, Alberto? ... ¿Alberto? —Colgué el teléfono sin contestar.

Sol entró en el apartamento y dejó el casco encima de la mesa de centro. Aunque se sentó sigilosamente en el sofá, los resortes chirriaron expresando su disgusto. En silencio, expectante ante mi reacción, me lanzaba rápidas y continuas miradas para intentar adivinar mi estado de ánimo, pero yo permanecía callado con la oferta de Rufo eclipsando la mente, hasta que, negando con la cabeza, propuse ir a desayunar.

Sentados en la terraza del bar Mari-Mer, el sol acentuaba el color de su pelo rizado y lo descubría más rubio. Esto hacía que pareciese más joven de lo que era, y aunque tenía mis ojos marrones, era ilusión lo que se veía en ellos. Sol malinterpretó el silencio porque teníamos delante la moto candada a la farola rota y yo dirigía los ojos hacia ella, aunque no la estaba mirando. Me preguntó si seguía enfadado. Negué con la cabeza y pregunté qué había hecho el fin de semana anterior. Se quedó callada mirando dubitativa hasta que contestó con tono bajo que habían estado navegando en Las Violetas. El camarero apareció con la comanda y, mientras restregaba la mermelada de naranja amarga en mi tostada, recordé con viveza la pelea que tuvimos la última vez que nos vimos y me arrepentí de que la sangre hubiera fluido demasiado rápido a mi cerebro.

El viernes del fin de semana de la pelea, después de haber luchado con ella sin conseguir que abandonara la moto, la había gritado y me había encerrado en mi cuarto, colocando tapones en los oídos y tomando una pastilla para dormir. A la mañana siguiente, estaba resuelto a pedir perdón por los gritos, pero al salir de mi habitación vi, en la mesa de centro, un solitario plato sucio sin el acompañamiento del casco. Con un mal presentimiento, encendí el móvil para ver un SMS de Sol: «Ns vms brk d Cristóbal». Miré el móvil durante bastante tiempo hasta que entendí que «brk» significaba barco. Abrí la ventana y, con el móvil en la mano, quedé parado con el brazo echado para atrás, como una estatua de mármol con el platillo listo para lanzarlo. Bajé el brazo, pero volví a alzarlo porque, al volver a leer el mensaje, me di cuenta de que la única palabra no escrita en lenguaje SMS era el nombre de Palanca, y de que, además, Sol se había molestado en poner el acento en la «o». El móvil voló hasta la acera y se rompió en mil pedazos.

La ausencia del móvil no fue un problema durante esas semanas, porque pude hablar con ella desde el teléfono fijo de Auriv. La gran molestia era imaginarla en Las Violetas, en el grandioso barco de Palanca, con sus mayordomos, sus marineros y sus amplios camarotes.

—¿Seguro que no estás enfadado?

—En absoluto, Sol, estoy bien. Terminemos el desayuno y

me acompañas a la compra y a por un móvil.

De camino al supermercado Cicuéndez, entramos en una tienda de teléfonos móviles. Pedí el teléfono más barato y el dependiente señaló un armario a su derecha.

—Me gustaría conservar el mismo número.

—Deme la tarjeta del teléfono.

—No la tengo.

—Entonces no puede.

La sangre fluyó como un afluente por mis venas y quise insultarlo, pero me quedé parado con la boca abierta, pensando qué contestar, hasta que otro empleado comentó que con una fotocopia del DNI y la firma se podía conservar el mismo número. Salí irritado y discutiendo conmigo mismo, quejándome de no haber contestado e imaginando insultos que tendría que haber dicho mientras que la cara de Sol tenía una mezcla de miedo y vergüenza. Seguí hablando solo, incluso dentro del supermercado Cicuéndez. Metí en una cesta sobres de pasta, *pizza* congelada y café, y caminamos hasta la fila para pagar. Delante de nosotros había una flemática señora mayor que hablaba con la cajera mientras depositaba sus compras con lentitud.

—Con este calor, una no quiere salir de casa.

—Y usted que lo diga.

—Me cansa hasta caminar. El sol está tan fuerte que lo mejor que se puede hacer es dormir a la sombra.

Resoplé varias veces. Las miré con cara de enfado y repetí «venga» en voz baja para intentar acelerar el proceso, pero ellas continuaron con su parsimonia.

—Tiene usted razón. Páseme el sobre de caldo. Ése, mujer, el que tiene en la mano, ése, sí, ése, así se lo cobro.

—Claro, hija, aquí tiene. El caldo es muy agradable, incluso con este calor.

—¿Ha probado a ponerle hielo al caldo?

—Señora, por favor, estamos esperando —dije ya alterado.

Las dos me miraron con disgusto y terminaron la operación en silencio, mientras Sol hincaba sus ojos en el suelo. Volvimos al apartamento y, después de guardar lo que había comprado para la semana, fuimos a los cines Truffaut de la glorieta de Cuatro Caminos.

Por la noche, antes de cenar, vimos sin interés el telediario de una cadena estadounidense hasta que apareció el caso de Taj Tajamantan y subí el volumen. Explicaron la multa de los cien millones de dólares: se había hecho millonario por compra-venta de acciones a través de un fondo de inversión que había creado, aprovechándose de información privilegiada conseguida por contactos de sus trabajos anteriores, un banco de inversión y una consultora estratégica.

—¿Qué es «información privilegiada»?

Estaba tan concentrado en la noticia, que la pregunta de Sol me sorprendió.

—Es información que te permite ganar mucho dinero, ya que te anticipas al mercado. —Miré a Sol para ver si había entendido, pero su cara no lo señalaba—. Este personaje conocía qué le pasaba a las empresas o qué les iba a pasar antes de que nadie más lo supiese. Sabía si el precio de las acciones iba a subir o a bajar, porque el precio en bolsa no estaba reflejando su valor real. Imagina, por ejemplo, que tú tienes una amiga del colegio que está en el comité de dirección de una empresa minera. Un día, tu amiga te comenta que la empresa ha descubierto un yacimiento con minerales en Murcia, y que lo anunciarán dentro de un par de días. Entonces, tú compras hoy muchas acciones de esa empresa minera al precio actual. Cuando la empresa haga el anuncio oficial, el precio de sus acciones subirá, y si las vendes, habrás tenido una ganancia segura. Básicamente, habrás comprado barato y vendido caro.

—¿Por qué es delito si no habré robado a nadie? No hay ninguna víctima.

—Sí robarás. Robarás a los accionistas y a otros posibles inversores que no compraron antes de la subida.

—Sigo sin entenderlo. Los actuales accionistas mantienen sus acciones y pueden venderlas después de que suba el precio, así que ellos ganarán igual.

No se me ocurrió nada que contestar y, sin mirarle a la cara, pedí que me dejara seguir viendo la noticia. En el telediario, continuaron hablando de los contactos de Tajamantan; estaba relacionado con los altos directivos de las grandes empresas de Manhattan. De pronto, Sol volvió a hablar.

—Tiene un Submariner, como el tuyo.

Taj Tajamantan entraba esposado a los juzgados, y llevaba en la muñeca un Rolex Submariner plateado con el fondo negro. Pensé que era lo único en lo que nos parecíamos; yo no podía hacer operaciones ilegales aprovechando contactos, porque los míos se limitaban a Diana, Pedro y Ada, mi compañero de la oficina del Banco de Cabárceno de la calle Capitán Haya. Allí empecé a trabajar y estuve hasta que Auriv adquirió el Banco. Durante el proceso de integración es probable que hubiera sido despedido, alegando eficiencia en costes, de no ser por la intervención de Diana que solicitó que me incorporara a su equipo en el Departamento de Contabilidad de Auriv. Entonces recordé la propuesta de Rufo sobre Metalensa y la posibilidad de enriquecerme comprando acciones antes del anuncio público de su adquisición por Auriv. Un temblor recorrió mi cuerpo. Para olvidar la oferta de Rufo, me concentré en la televisión, donde mostraban escenas de la casa de Tajamantan, un apartamento de lujo con vistas a Central Park y chimenea en el salón.

—Me encantaría tener una chimenea en casa —suspiré en voz alta.

—Con algo de esfuerzo, tú también podrías tener una —dijo Sol—, incluso un apartamento con vistas a Central Park.

—Imposible, aunque Zeus bajara del Olimpo y me concediera la inmortalidad, yo no podría conseguir una casa así —contesté recordando un documental de mitología griega que había visto unas semanas antes—. Sería como Títono: Zeus me haría envejecer sin morirme y me quedaría arrugado y encogido; acabaría convertido en una cigarra. Un inútil sentado en un sofá y cuyo único deseo es acabar con su vida.

Pese a querer decir el comentario como una broma, Sol se quedó mirándome con cara triste. Para no aguantar sus ojos, fui a la cocina a meter en el horno una *pizza* congelada.

Dando vueltas en la cama, sin poder dormir, tenía decidido que aceptaría la oferta de Rufo. El riesgo en España era mínimo. Nadie había oído hablar de José Rubio y su condena por información privilegiada.

Sin embargo, el domingo por la tarde dudé de nuevo. Cuando Sol salía por la puerta, volvió corriendo, me abrazó y susurró al oído con los labios casi besando la oreja. «No tienes que cambiar, a mí me gusta mucho estar contigo, aunque no tengas chimeneas o barcos». Toda mi espina dorsal brilló palpitando mientras Sol corría hacia la puerta y me quedé absorto con una feliz sonrisa en la boca.

Esa noche tampoco pude dormir, dudando si me conformaba con mi vida o aceptaba la oferta de Rufo. Tuve que levantarme de la cama y sentarme delante del televisor para ver documentales, porque la oscuridad del cuarto me aprisionaba. El último de los tres espacios que vi esa noche, pero que no conseguí terminar porque me quedé dormido en el comienzo de la madrugada, trataba sobre incendios. La primera escena mostraba una habitación. Alguien tiraba una colilla en la papelera y, en pocos minutos, se llenaba de humo negro y ardía por completo. Repasaron la escena a cámara lenta y pude ver cómo encima del sofá se generaba una nube renegrida de la que parecían salir rayos y que, según afirmaba el narrador, era inflamable, por lo que el pelo o la ropa podían arder. Pensé que una de las ventajas de ser calvo era que no me podría arder la cabellera. En la habitación había gases y vapores calientes que resultaban más mortíferos que las llamas; el humo dificulta la respiración, se mete en los ojos y no puedes ver, y los gases calientes queman la nariz, la garganta y los pulmones. De hecho, casi todas las víctimas morían por asfixia. La solución propuesta era rociar con agua la cabeza, las manos y la ropa, tapar la nariz y la boca con trapos mojados y salir gateando, porque el aire caliente sube y allí abajo se puede respirar un poco mejor. Si era posible, había que colocar una manguera con un chorro fuerte de agua cerca de la cara, ya que, según contaban, el agua contiene oxígeno. Antes de que mis párpados se apagasen con la luz del crepúsculo, hablaron de incendios en edificios que casi nunca se desploman, porque las estructuras de acero sólo se funden cuando se sobrepasan los ochocientos grados, situación inusual en un incendio.

Al levantarme en el sofá por la mañana y recordar el fuego, decidí no aceptar la oferta de Rufo.

CAPÍTULO 4

Sin embargo, la firmeza en la decisión desapareció al llegar a la oficina. Había entrado en la torre Windsor seguro de rechazar la oferta y continuar con mi vida. «Tendré la cabeza bien alta», pensaba mientras subía el ascensor. Mi opinión cambió al no ver ni a Diana ni a Pedro en la planta quince. Elucubré que mi jefa había recapacitado su decisión, que había aceptado la oferta y que Pedro la había acompañado. Mientras mi seguridad moral se desenrollaba entre remordimientos, Marifé llamó. Tenía que subir a la sala del Consejo de la planta noble.

Marifé, al verme, comenzó un larguísimo discurso sobre lo poco que había cambiado Auriv desde que ella había entrado a trabajar cuando era adolescente. Estaba alabando la elegancia y el porte de don Luis, cuando recibió una llamada. Siguió su discurso con el teléfono en su oreja, como si el receptor hubiese sido parte de la conversación anterior, y alargó su grueso brazo hacia las dos puertas cerradas de la sala del Consejo que, al abrirlas, dejaron salir un leve olor sulfuroso. Rufo, sentado debajo del cuadro de arte moderno, sin corbata y con los primeros botones de la camisa desabrochados, que dejaban al aire unos duros pelos negros, me observaba, auditándome, con cara seria. Había una botella de vino y una copa en el medio de la mesa. En la esquina reposaba, en un cenicero, un cigarrillo mentolado encendido dentro de la boquilla dorada. Cuando me senté, Rufo acercó la copa de vino y me invitó, o casi me obligó, a beberla. Luego empezó a hablar acercando su cara a la mía, y tuve que respirar su espeso aliento que, combinado con el ambiente de la sala, empezó a marearme.

—El otro día te equivocaste, ¿verdad? Existe un fácil arreglo, pero depende de ti. Muchacho, tú eres el único capaz de sacarte del agujero en el que te has metido—. Iba a decirle que no estaba en ningún agujero, pero me paró levantando una mano y abrió un mueble pequeño situado debajo del cuadro de arte moderno: allí había una caja fuerte. La abrió y extrajo una carpeta roja. —No encontrarás otra caja fuerte más resistente, es imposible romperla, es incluso ignífuga.

Dio dos caladas a la boquilla dorada y apoyó su espalda en el respaldo del sillón, con lo que evité su aliento. Sonrió mientras colocaba en la mesa un sobre que había en la carpeta roja. Después, dándome un bolígrafo negro Parker que había sacado de su chaqueta, dijo que yo era el único que podía salvar mi situación. Temblaron mis manos al abrir el sobre. Contenía una escritura de constitución, en español y en inglés, de una sociedad denominada Penrrufosa, con sede en la Isla de Man. En todas las páginas, repletas de letras diminutas, el nombre «ALBERTO ACHARES» estaba impreso en letras mayúsculas, con un espacio en blanco para mi firma. Rufo se quitó los gemelos, se remangó los puños de la camisa y comenzó a hablar sobre la relevancia de los mercados de valores y sobre la trayectoria de Auriv. Era difícil escucharlo, cada vez estaba más mareado, como si hubiesen colocado un sedante en el vino. Me dije a mí mismo: «Firma de una vez, medio millón de euros sólo por firmar unos papeles. Seré yo quien regalará el Audi A3 a Sol, y no Palanca». Al instante, recordé a Taj Tajamantan. No quería estar ni una noche entre rejas y estaba seguro de que Sol perdería el poco respeto que tenía a su padre. Me imaginé aburrido en una celda, mirando todo el día por la ventana sin ninguna actividad, sin ninguna responsabilidad, sin ninguna confianza de ser un modelo para mi hija. Sin embargo, ¿y si Rufo decía la verdad? Era probable que en España nadie tuviese que ir a la cárcel por utilizar información privilegiada.

Rufo continuaba su discurso utilizando sus ojos azules como dos lanzas que impedían el movimiento de mi cuerpo. Sus ojos eran muy claros, de un azul muy pálido con un brillo lunar, y, para evitarlos, mis ojos marrones saltaron de una punta de la sala del Consejo a otra, y luego al paseo de la Castellana a través de los ventanales. Además de la cabeza, mi estómago también estaba revuelto. No comprendí lo que decía Rufo, me pareció que hablaba en otro idioma. Su voz era cada vez más vibrante. O quizás yo tenía el cuerpo dolorido, o quizás era demasiado contraste esa vocecilla con su velludo cuerpo. Me sentía mal porque la combinación del olor de la sala, el humo y el aliento de Rufo eran vapores venenosos en mi nariz. Aunque la sala del Consejo tenía aire acondicionado, numerosas gotas de sudor resbalaron sobre mi cara, desde la cabeza hasta el cuello. Me quité las gafas. Un estremecimiento recorrió mi estómago, acepté que tenía miedo, que haría algo malo. «No, no voy a firmar», dije casi en voz alta moviendo las gafas arriba y abajo. Pero el nivel de vida que tendría con medio millón de euros no era el único premio; la carrera de éxito en Auriv era demasiado tentadora. Contemplé los periódicos, propiedad de Palanca, obligados a sacarme en portada porque sería un alto directivo del Grupo Auriv, y fantaseé con Palanca y Eva mirándome envidiosos desde el puerto de Las Violetas, reconcomiéndose el hígado porque yo estaría con Sol en un barco más grande que el suyo. Era una gran oportunidad y no podía perderla, aunque, en ese momento, lo único que quería hacer era escapar. Tenía ganas de levantarme y salir de la sala, el agobiante olor me golpeaba como una taladradora. Ya no sabía si Rufo estaba hablando o solamente me escrutaba con sus pálidos ojos. Quería irme de allí. Desaparecer. Una arcada subió desde el estómago y, sin colocarme las gafas, empuñé el bolígrafo Parker y estampé mi firma en todos los papeles en los que aparecía el nombre «ALBERTO ACHARES».

Los ojos de Rufo tornaron a un azul muy oscuro, casi podía

confundirse con el negro si la sala hubiese estado mal iluminada. Me dio la enhorabuena por la decisión. Mientras colocaba las escrituras en su lugar de origen, le acerqué temblando el Parker, pero dijo que era un regalo, que ahora que éramos socios íbamos a compartir muchas cosas. Después cerró la caja y el mueble pequeño con una llave que guardó en el bolsillo. El agobiante sopor de la sala del Consejo catapultó el mareo. Rufo preguntó si me encontraba bien, pero salí tambaleando sin contestarle. Corrí al cuarto de baño y vomité dos veces. Cuando regresé, Rufo se había ido y sólo quedaba el bolígrafo Parker y mis gafas en la mesa.

Sin bajar a la planta quince para no ver a Diana ni a mis compañeros, salí del Windsor, cuyos cristales se iban oscureciendo porque el día estaba nublado, y retorné a la glorieta de Cuatro Caminos. Ya en casa, intenté ver documentales para olvidar lo sucedido, pero las imágenes del desprecio de mi hija por estar en la cárcel seguían persiguiéndome. Con varias pastillas para dormir, entré en la cama a mediodía. A las cuatro de la madrugada desperté asustado, gritando. El espejo del cuarto de baño mostraba un atemorizado espectro con la cara albina.

Llegué tarde al día siguiente, y encontré en la planta quince los ojos fijos acusadores de Pedro, fijos en mí. Aunque su cara estaba quieta, las marcas de la mejilla derecha se movían como si estuvieran sufriendo un terremoto. Dos operarios vestidos con un mono azul, uno de ellos portando un bolígrafo Bic en la oreja, llenaban una carretilla con carpetas del despacho de Diana Lid, carpetas de colores repletas de papeles y sujetas con una tira de goma elástica. El resto del equipo de Contabilidad miraba a los dos operarios que salían por la puerta de los ascensores y volvían a entrar minutos después con la carretilla vacía para repetir el proceso con más carpetas.

Cuando ya no quedaron carpetas, entré en el despacho. Los operarios pasaron para recoger los libros de contabilidad, los trofeos de judo que, desamparados, dormitaban en las estanterías, y una foto de tres niños que durante mucho tiempo había asumido que eran sus hijos hasta que un día me contó que eran los hijos de su hermana. «Por qué ella sí y yo no», había dicho resoplando mientras agarraba el marco con las dos manos. Cuando el operario salió del despacho, cogió el bolígrafo con la mano izquierda y, con la otra, un bloc de notas que había sacado del bolsillo de pantalón.

—¿Es usted el señor Achares? Cuando pueda, nos dice lo que tenemos que trasladar al despacho.

Todo el equipo miró estupefacto primero al operario y después hacia mí cuando balbuceé que no hacía falta, porque lo podía trasladar yo mismo. El operario me tendió un papel y su bolígrafo, con la capucha mordida y todavía mojada por su saliva, pidiéndome que firmase. Quise usar el bolígrafo Parker que me había regalado Rufo, pero me dio vergüenza enseñarlo y agarré el Bic del operario. Después de firmar, giré la cabeza para mirar a mis compañeros; salvo Pedro, todos bajaron la mirada.

Sentado en el despacho de Diana, di varias vueltas en la silla giratoria hasta que volví a encontrar la inquisición en los ojos de Pedro, que miraba, sin pestañear, desde fuera. Me levanté hacia la estantería como si fuese a revisar un inexistente libro, aprovechando el camino para cerrar la puerta del despacho. Minutos más tarde, el teléfono me sorprendió con la espalda apoyada en el respaldo de la silla y las manos juntas detrás de la nuca.

—¿Estás contento?

—Sí, don Ricardo.

—Ricardo, por favor, llámame Ricardo; ahora somos socios. Te prometí nuevas responsabilidades y he cumplido la promesa.

—¿Qué ha pasado con Diana?

—Eso no importa. Lo relevante es que has ascendido a un puesto directivo. Tengo muchas esperanzas puestas en ti, estás en la cresta de la ola, vas a ser un miembro más del *top management* de Auriv. El CEO[4] —Rufo pronunció las siglas en inglés— quiere conocerte, y en el futuro te presentaré a don Luis.

—Es verdad, don *Ricar*, digo, Ricardo, tienes razón.

—Claro que tengo razón. Ahora ponte a trabajar, que se espera mucho de ti, tienes que sacar adelante al Grupo.

Cortó antes de que pudiese preguntar qué se esperaba de mí y qué tenía que hacer para sacar adelante al Grupo Auriv. Durante la mañana estuve encerrado en el despacho y, aunque tenía mucha hambre, sólo cuando escuché que las cinco personas del equipo de Diana salían por la puerta de los ascensores, me atreví a abandonar el despacho para ir a comer. Decidí ir a un restaurante alejado de la zona para no toparme con ellos. En la puerta que daba a los ascensores de la planta quince, tuve que volver corriendo al despacho porque sonaba el teléfono.

—Señor Achares, está usted invitado a una reunión con el consejero delegado en la sala del Consejo.

Era la primera vez que me llamaban «señor» en Auriv y también la primera vez que estaría con Pablo Pena, consejero delegado, o CEO, ya que, como a Rufo, le gustaba usar su título en inglés, aunque también había que dirigirse a él con el «don» delante. Marifé, con inusitada amabilidad, me acompañó a la sala del Consejo indicando que don Pablo y don Ricardo estaban de camino. Me preguntó si quería café, la marca y el tipo de café que prefería, a lo que algo abrumado contesté que café con leche normal.

Pensé que tardaría poco en conocer personalmente a don Luis Mergalina, presidente de Auriv, e imaginé reuniones en las que don Luis consultaría mi opinión sobre la estrategia del Grupo y Pablo Pena y Rufo asentirían durante mi contestación. El sueño erótico con don Luis terminó cuando vi que la caja ignífuga estaba abierta. Me acerqué despacio, pero un ruido hizo que saltase del susto. Eran las gruesas piernas de Marifé, que, atenta, me dejó una pequeña bandeja de plata con el café con leche y un diminuto plato con un pequeño bollo, para después acercarse a la caja y cerrarla.

Caminé hacia los grandes ventanales, que llegaban del suelo al techo, para deleitarme con las vistas de la planta dieciocho. El paseo de la Castellana se perdía en el horizonte, y el movimiento de los coches descansaba, como el mar o el fuego, mis ojos. Después me dirigí a la chimenea. Pensé que al ganar dinero con Metalensa, tenía que ser capaz de tener una chimenea. Cerré los ojos, froté mis manos y las coloqué con las palmas hacia abajo, disfrutando del calor de unas brasas inexistentes. Por un momento me sentí feliz. Enseguida escuché unas risas atipladas, como una pareja de enamorados, en mi espalda. Ricardo Rufo y Pablo Pena entraron en la sala del brazo, como dos niñas adolescentes que acaban de ver a un grupo de guapos chicos mayores. Cuando Rufo me vio, cambió su expresión de manera radical y apartó a Pablo de un leve empujón. Pablo, que tenía la cabellera engominada con una fuerza sobrehumana estirando su pelo hacia atrás, y un diminuto bigote peinado a la perfección, habló como un actor de teatro entrando en escena. Dijo que la adquisición de Metalensa era muy importante para Auriv y que necesitaban contar con la participación de bancos de inversión y abogados. Pablo y Rufo se habían conocido en Ibiza. Los empleados sabíamos que habían cambiado su forma de vestir y actuar para hacer desaparecer las líneas de humildad y rebeldía de su currículo. Rufo lo observaba en silencio rascándose la fina barba con un papel enrollado como un catalejo, y una diminuta sonrisa se dejaba ver en sus ojos azules. Pocos minutos más tarde, comenzaron a llegar banqueros del banco de inversión Silverman Fox y abogados del despacho Deep & Waters.

La sala estaba llena de camisas blancas, tirantes y expresiones en inglés, sobre todo «*sleepless night*», que fue repetida en numerosas ocasiones. Con mi aburrido traje gris frente a los trajes azul oscuro de los hombres, las faldas y chaquetas negras inmaculadas de las mujeres y las camisas blancas de ambos sexos, me sentí insignificante e intenté taparme la camisa cerrando con fuerza la chaqueta y cruzando los brazos, aunque ninguno de los integrantes de la reunión me prestaba atención.

Pablo cogió aire para repetir la retahíla que había soltado antes, pero Rufo se adelantó y dio un breve discurso sobre la relevancia de la operación y la importancia de mantener el secreto para no influir en el precio de la acción de Metalensa. Cuando dejó de hablar, los abogados y banqueros se pelearon por intervenir. El primero en hablar fue un banquero de Silverman Fox con corbata roja, que aseguró que el Grupo Auriv iba a cambiar el mapa energético español. A esto le contestó un abogado, que empezó la frase diciendo «*Building on your point*», para repetir lo que acababa de decir el banquero, pero utilizando otras palabras. Después de treinta minutos de contribuciones insulsas, Pablo pudo finalmente decir unas frases para cerrar la reunión y los banqueros y abogados se levantaron y se dieron las manos mutuamente con fornidos apretones y medias sonrisas.

CAPÍTULO 5

El miércoles, Rufo llamó a mi despacho, que antes era de Diana, para avisar que viajaríamos a Londres esa tarde para formalizar la compra de Metalensa que haría el Grupo Auriv al día siguiente. Dijo que tenía mucha confianza en mí y que la mejor forma de demostrarlo era invitándome a una reunión de extrema importancia para el Grupo. A los pocos minutos, llamó Marifé para comunicar que me había reservado asiento en clase *business* y una habitación *deluxe plus* en el Trafalgar Hotel. Aunque tenía tiempo de sobra, salí directamente hacia al aeropuerto de Barajas para esperar en la sala VIP.

Fui el primer pasajero de la clase *business*. Poco a poco llegaron banqueros de Silverman Fox y abogados de Deep & Waters. También viajaban los banqueros de inversión y abogados que representaban a Metalensa, con lo que los integrantes de la operación prácticamente llenaban los asientos de *business*. Con las puertas a punto de cerrarse, aparecieron Rufo y Pablo Pena haciendo caso omiso de las miradas tensas de las azafatas. Yo era el único con traje y corbata; los demás vestían pantalones de pinzas, camisas de cuadros de viyela y chaquetas de color verde oscuro, que Rufo me dijo después que se llamaban «Tebas», e hice entonces una nota mental para comprar una Teba verde al volver a Madrid. Sólo Pablo Pena desentonaba con un pantalón de color amarillo, como un plátano. Durante el vuelo, repasé mi inglés financiero para aprenderme de memoria frases con las que impresionar sobre mis conocimientos contables.

Al llegar al Trafalgar Hotel desde el aeropuerto de Heathrow, Rufo me invitó a tomar cócteles en la terraza y después a cenar en el Soho, pero preferí quedarme en mi habitación, pedir que me subieran comida y cenar delante del televisor. Más tarde me arrepentí y quise unirme al grupo, pero como no tenía el número de teléfono de ninguno de ellos, no pude contactarles. Al día siguiente, salimos a las siete de la mañana hacia una empresa de *printing*, y Rufo me explicó, en el camino, que eran compañías especializadas en las que se imprimían grandes cantidades de documentos en poco tiempo. Rufo, Pablo, el banquero de corbata roja que había hablado el primero en la reunión de la sala del Consejo del Windsor y yo viajamos en un taxi, en uno de esos coches negros en los que cuatro personas se sientan en la parte de atrás, dos de ellas de espaldas al conductor. Rodeado de estas personas, sentí un placer que no recordaba y me esforzaba por reír y mantener una actitud atenta ante la conversación de Rufo y el banquero, mientras Pablo miraba por la ventana.

En el edificio de la empresa de *printing*, Auriv tenía reservada una sala grande, mayor que la del Consejo. Había más de veinte personas sentadas a la mesa. Los representantes de Auriv con su banco de inversión y su despacho de abogados estaban juntos, así como los representantes de Metalensa, su banco de inversión y su despacho de abogados. La vestimenta era muy similar, los hombres lucían trajes azules despejados de arrugas, camisas blancas y tirantes, mientras que las mujeres llevaban chaquetas negras impolutas y faldas grises también con camisas blancas. El único que no llevaba una camisa blanca era yo, e hice otra nota mental para comprar varias camisas blanquecinas además de un traje nuevo. Con el abrigo en la mano, caminé despacio hasta la mesa y me senté. Después de girar varias veces la muñeca para que el Rolex Submariner se dejara ver, me quité la chaqueta gris, aunque volví a colocármela enseguida al percatarme de que todos los presentes la llevaban puesta.

Delante de nosotros, en cada sitio, había un paquete

enorme de papeles que podría tener más de trescientas páginas y en cuya portada leí con sorpresa: «TOB of Snow White by Prince Charming». Desconocía el significado de TOB y la razón para incluir a Blancanieves y el príncipe azul en el título. A mi derecha estaba una chica que se presentó como abogada de Deep & Waters, y a mi izquierda, un jovencísimo banquero de Silverman Fox con granos en la cara. A ellos les pregunté el significado del título del documento. El niño banquero me miró sin comprender y la abogada contestó que eran los nombres en clave de la compra de Metalensa (Snow White) por Auriv (Prince Charming) para evitar filtraciones, pese a que todos los presentes conocían la operación. Para ser parte del ambiente, abrí el informe y leí varias páginas hasta que me cansé y tuve que quitarme las gafas, pues, pese a llevar muchos años trabajando en contabilidad, nunca había visto tal cantidad de números, análisis, tablas y matrices en un solo informe. Muchas de las páginas contenían tablas copiadas de páginas anteriores, pero colocadas en formatos distintos. Pregunté a la abogada para qué servía el documento.

—Para formalizar el TOB…

—¿Eso qué es? —interrumpí.

—*Takeover bid*, una oferta pública de adquisición de acciones… vamos, una OPA de toda la vida. Auriv va a comprar el sesenta por ciento de las acciones de Metalensa utilizando un LBO con la financiación del Banco de Cabárceno ¿Sabes qué es un LBO? —preguntó y, antes de que pudiera responder afirmativamente, contestó—; *Leveraged buy-out*, o compra apalancada.

—Ahora entiendo, entonces este documento contiene la información necesaria para los reguladores español e inglés.

—No, sólo para la CNMV, el regulador británico no tiene nada que decir sobre esta operación. Pero no sólo es para el regulador español, también es para los accionistas. La ley obliga a informarles de cualquier movimiento; a los de Metalensa, que es de cajón, y a los de Auriv, porque ellos tienen que estar contentos con el uso que hace el Grupo de su dinero.

Confieso que si yo hubiese sido accionista no habría podido sacar nada en claro de ese galimatías, pero me cuidé de compartir mi pensamiento. En una de las cabeceras de la mesa estaba Rufo, en la otra, el banquero de corbata roja, y Pablo, en uno de los lados. El banquero se levantó y dio dos palmadas haciendo el silencio. Comenzó a hablar con tono pausado.

—Estamos aquí para consolidar el TOB a través del LBO de Snow White por Prince Charming, representado por su CEO y CFO. Nosotros, Silverman Fox, actuamos como *advisor* de Prince Charming, y Deep & Waters son sus abogados. Del lado de Snow White, representado por su presidente, están FR Drake, como su *advisor*, y Bradford & Cagney, como sus abogados.

Cada vez que mencionaba alguno de los nombres, los aludidos tosían o ladeaban la cabeza. Ramón Cerril, el presidente de Metalensa, que tosió cuando el banquero mencionó al presidente de Snow White, era una clara excepción en la marea de juventud con trajes apretados. Bajo y gordo, sin un pelo en la cabeza, bigote negro y unas gafas de varios lentes que hacían diminutos sus ojos, parecía un aldeano al que le hubiera tocado la lotería el día anterior. El banquero de corbata roja continuó.

—Nuestro Iberian Junior Vicepresident of Energy, Oil & Gas, Anselmo López, leerá el *offering* de Prince Charming a la espera de la respuesta de Snow White. *We're in business now, guys!*

Como un resorte, el joven con pequeños granos en la cara que estaba sentado a mi izquierda comenzó a leer en alto, en inglés, el documento. Mientras leía las matrices y tablas, el resto revisaba el documento con sus bolígrafos rojos en ristre. Pese a mi experiencia contable, tuve serias dificultades para entender a qué se referían los números que cantaba Anselmo como si fuera uno de los niños de San Ildefonso. Al principio, supuse que alguno de los banqueros o abogados sería extranjero, porque se leían los números en inglés, pero una hora más tarde comprobé que todos los presentes eran españoles, ya que Anselmo tuvo que parar de golpe cuando uno de los banqueros de FR Drake dijo, en español, que el último número que había leído era erróneo. Casi en el mismo instante, los banqueros de Silverman Fox, menos el de corbata roja, que se mantuvo callado en la cabecera, contestaron al unísono que el número era perfecto. Un banquero con ojos soberbios comentó que FR Drake no sabía calcular nada y que así les iba, contratados por empresas de chiste. Un abogado de Deep & Waters le tiró del brazo hacia el asiento y le recriminó el comentario, y el orgulloso banquero pidió perdón a los presentes, especialmente a Metalensa. Esta actitud no apaciguó a los abogados de Bradford & Cagney, que lanzaron amenazas veladas de querellas y juicios. Los comentarios afilados, aunque hechos en voz baja, iban creciendo en agresividad y volumen, y habrían llegado incluso a desencadenar algún puñetazo en la mesa de no ser por la interrupción de Ramón Cerril, que se levantó y gritó con voz furibunda: «Estoy hasta los cojones de vosotros, ¿Quién os creéis que sois? Yo he montado Metalensa de la nada, me he dejado los huevos y no va a venir ningún capullo a quitarme mi dignidad. Os podéis ir todos a la mierda».

Los presentes se quedaron callados ya que, a pesar de las tensas amenazas, los insultos no formaban parte del ambiente. El presidente de Metalensa, después de su contribución, se dirigió hacia la puerta y, mientras salía trabajosamente de la sala, Rufo corrió hacia él pidiéndole que no se fuese. Les siguió el banquero de corbata roja. Pablo se había levantado, pero miró a Rufo y al banquero sin moverse de su sitio y luego se sentó, pasando las páginas del informe. Estuvieron diez minutos fuera, durante los cuales hablé con la abogada. Le pregunté si estaba asombrada con la situación, pero ella negó con la cabeza.

—Esto es de lo más normal en una *sleepless night*. Lo de los tacos de Ramón está fuera de lugar, porque aquí se lanzan cuchillos, pero siempre con elegancia.

—Te confieso que hay algo que no entiendo. ¿Por qué estamos en Londres y por qué se hace el documento en inglés? —pregunté.

—Los bancos de inversión y los despachos de abogados que están aquí son ingleses o estadounidenses, y viajar al *printing* a Londres *is part of the game.*

—Las empresas lo son, pero los que trabajáis sois españoles. Es que veo raro que tenga que hacerse en Londres una operación que sólo afecta a España y en la que todos los involucrados son españoles.

—Por favor, *don't fight the question.* Es lo que se espera de nosotros, venimos a Londres, tenemos la *sleepless night* y sanseacabó.

Cuando Rufo, Ramón y el banquero de corbata roja regresaron, se retomó la lectura en inglés del documento con comentarios mordaces de banqueros y abogados que eran incorporados con reticencia por Anselmo. Ramón no contestó a ninguno de ellos, ya que Rufo, cada vez que éste gesticulaba, se acercaba para apaciguarlo. Terminada la revisión, pidieron imprimir veinte copias del informe actualizado y se aprovechó el *printing* para tomar un descanso.

En la sala se habían formado varios corrillos y me acerqué, envalentonado, al lugar donde estaban hablando Rufo, el banquero de corbata roja y el presidente de Metalensa, que desentonaba con los otros dos, ya que éstos eran altos y Ramón tenía que ladear la cabeza hacia arriba. El último botón de su camisa, desabrochado, estaba a la vista porque su corbata, poco a poco, iba desanudándose.

—Hola, Ricardo, ¿cómo estás? —dije tocándole a Rufo el brazo a modo de saludo.

—Espero que estés contento, cinco minutos en el nuevo puesto y estás en la reunión final del *leveraged buy-out.* Muy poca gente llega a ver operaciones de esta relevancia. Estás en la cresta de la ola. —Miró al presidente de Metalensa—. Ramón, te presento a Alberto Achares, nuestro director de contabilidad.

—Ramón Cerril, encantado. Este sarao está de puta madre, ¿verdad?

—Ésta es una operación que cambiará el mapa energético español —dijo el banquero de corbata roja.

—Por supuesto —contestó Rufo—, es de tal calado que el viernes en la rueda de prensa estarán todos los periódicos. Estamos escribiendo las preguntas para los periodistas.

—Coño, la prensa, ésos son unos buitres —dijo Ramón.

—No te preocupes por eso, Cristóbal es un buen amigo.

—¿Cristóbal Palanca? —Pregunté.

Rufo asintió y siguió hablando sobre las reacciones de la prensa y la preparación de los comentarios a los medios de comunicación, todos controlados por Palanca. Una nube negra se había posado sobre mi alegría e impedía que pudiera disfrutar de ese momento: la mención de Palanca hizo que recordase la pelea con Sol por la moto. Abandoné el grupo, me senté en mi sitio y comencé a leer el nuevo informe que habían dejado en la mesa a cada uno de los participantes. Pablo Pena hablaba con dos abogados. Levantaba el dedo y abría mucho la boca. Cuando Rufo mandó retomar la reunión, los dos abogados le pidieron permiso para sentarse, y Pablo tuvo que asentir mientras bajaba su dedo con lentitud.

Pasadas las dos de la madrugada, mis párpados caían como anclas y era incapaz de levantarlos. Quería marcharme al hotel a dormir, pero no me atrevía a ir solo a esas horas por Londres. La escena se repetía una y otra vez. Anselmo leía con voz cansada el documento, y los otros banqueros y abogados corregían comentarios que ya se habían enmendado en una revisión anterior. A las cuatro, cuando estaba a punto de caer dormido, Rufo anunció que él y Ramón iban a aprovechar lo último que quedaba de la noche londinense. El banquero de corbata roja se ofreció a acompañarlos y animó al resto a seguir con la *sleepless night*. Pablo improvisó unas palabras, dignas de su posición de consejero delegado, aunque cortas, porque enseguida salió detrás del trío, a quienes se les oía reír a carcajadas. Yo les seguí pensando que me podrían dejar en el hotel.

El banquero dio las indicaciones al taxista, y éste estuvo haciendo comentarios jocosos durante todo el trayecto. Intenté pedir que me dejaran en el hotel, pero Rufo lo impidió alegando que mi deber como parte de la élite de Auriv era acompañarlos.

Nos apeamos delante de una gran puerta franqueada por dos hombres negros gigantescos con gafas de sol y guantes oscuros. Uno de ellos alzó su enfundada mano y avisó, en un inglés casi ininteligible, que el precio de la entrada eran dos mil libras. Cuando Pablo comenzó a decir que sería mejor ir al hotel, salió del bar una chica con una minifalda carmesí tan corta que ni siquiera parecía un cinturón y un apretado top que no dejaba respirar a sus dos senos, aprisionados contra el cuerpo. Caminó directamente hacia Ramón hasta casi rozarle para pedirle fuego y, cuando exhaló el humo mirando hacia el cielo, alzó sus brazos y todos nos dimos cuenta, pasmados, de que no llevaba ropa interior bajo su diminuta falda. Se dio la vuelta y regresó con lentitud al local. Ramón gritó gesticulando con las dos manos que quería acostarse con ella y que, si no se pagaba la entrada, Metalensa no se vendía. El banquero hizo una llamada en su móvil al *managing director* de *Europe, Middle East and Africa*, al que saludó coloquialmente como Currito, y después de conseguir su bendición, sacó de su cartera una tarjeta de crédito de color negro para entregársela a uno de los porteros, que le enseñó sus lechales dientes con una sonrisa. Mientras Ramón daba palmas y saltos, el portero cobró las dos mil libras de la entrada, que daba derecho a una mesa VIP.

Dentro del bar, hombres trajeados de entre cuarenta y cincuenta años estaban rodeados de chicas con grandes escotes y pequeñas faldas. Seguimos a la chica de la minifalda roja hasta nuestra mesa VIP, que era exactamente igual a todas las demás del local: una mesa de centro de cristal con un sofá de tres piezas y dos sillas alrededor, y una botella de Moët &

Chandon abierta con cinco vasos y varios platos con cacahuetes y otros frutos secos. Rufo, Ramón y el banquero se sentaron en el sofá, y Pablo y yo ocupamos las dos sillas.

La chica de la minifalda sirvió el champán y Rufo, con la boquilla dorada en la boca, elevó su copa para brindar por Metalensa, después por la operación y, finalmente, por el mapa energético español. A cada brindis respondíamos Ramón, el banquero y yo con vivas, pero Pablo se mantenía en silencio con el pelo algo alborotado, ya que la gomina había perdido efecto. Rufo dejó la copa en la mesa pero la alzó otra vez gritando con voz atiplada que brindaba por mí. Cuando Ramón y el banquero gritaron «¡Viva!», me sonrojé como un adolescente recién enamorado. Antes de que hubiese acabado el champán, Rufo, que bebía como un náufrago en un desierto, pidió que trajeran otra botella. Rufo, Ramón y el banquero hablaban y reían entre ellos. Pablo los miraba en silencio comiendo cacahuetes, cuyos trozos se mantenían, desafiando la gravedad, en su antes impoluto bigote. Yo intentaba participar en la conversación, pero mi posición y el ruido del local lo impedían. Maldije mi mala suerte por estar tan cerca, pero tan lejos.

Encontrarme en esa situación me estaba angustiando, y pensé probar una conversación con Pablo para evitar que Rufo viese que estaba callado. Le hice una pregunta, pero él, con un gesto de asco porque había encontrado un trozo de cacahuete en su bigote, dijo que no había entendido. Alcé la voz.

—Digo que es raro venir a Londres para una operación que sólo afecta a España y donde todos los que estábamos en la sala éramos españoles.

—Alberto, ¿Alguna vez te has sentido traicionado?

Lo miré boquiabierto y, sin esperar contestación, se dirigió hacia Rufo y acercó la boca a su oído. Así estuvo algunos minutos mientras éste fumaba a través de su boquilla y bebía champán. Después, Rufo sonrió y negó con la cabeza. Pablo apretó las manos con fuerza, se dio la vuelta y salió con paso firme. Ramón, el banquero y Rufo continuaron hablando entre ellos.

Me puse de pie con intención de marcharme, pero escuché que anunciaban la actuación de alguien llamado Roxy y, por curiosidad, esperé a que saliera. Cuando apareció en la pista de baile, me quedé impresionado. Ahí, en alto, agarrada a una barra vertical que llegaba hasta el techo, estaba la chica más sensual que había visto nunca. Su piel era tan negra que se confundía con las paredes del local, y sus ojos eran de un penetrante color verde. Me senté y observé embobado los suaves movimientos de cada parte de su cuerpo al son de una música lenta. Los enormes labios encarnados de Roxy se abrían y cerraban con gran lentitud, fingiendo tener un orgasmo. Mi verga se endureció y me dolió el roce con el pantalón del traje. Tuve que hacer un rápido movimiento para mover el miembro erecto, colocándolo debajo del cinturón, donde respiraba al mismo ritmo que sus sensuales labios. Roxy, que era muy alta y tenía un cuerpo estirado, como un exótico árbol ebenáceo de doce metros de altura, llevaba un chaleco negro inmaculado con tres botones grandes plateados y unos pantalones de cuero que le apretaban como un preservativo que hubiera menguado su tamaño. De un salto, subió a la barra, apretó sus piernas fuertemente a ésta y, soltando sus brazos hacia atrás, quedó colgada en paralelo al suelo. Se escucharon algunos aplausos y Roxy respondió agarrando sensualmente la barra mientras bajaba. En el suelo y sin dejar de bailar, se quitó con lentitud el primero de los botones plateados, dejando ver el comienzo de unos enormes pechos marrones. El segundo botón plateado dejó ver el principio de sus pezones, y yo, con la boca abierta como un adolescente virginal, vi a Rufo, con ojos ebrios, a Ramón y al banquero riéndose a carcajadas.

—¿Te has enamorado, Albertito? —preguntó Rufo exhalando humo de su boquilla dorada.

—Di que sí, hombre, la negra está para darle por todos lados —dijo Ramón mientras se levantaba para darme una fuerte palmada en el hombro.

—No, no, estaba mirando.

—Ya, sólo mirando. Muchacho, te voy a regalar tu noche de bodas. Eh, tú, sí, *you, come here.* —Roxy preguntó con gestos si se refería a ella—. *Yes, you, come here, please,* aquí, con nosotros.

—Cómo está la negra. Qué pedazo de polvo vas a echar. Pero qué tetas, qué tetas. —Dijo Ramón mientras daba botes en el asiento.

—Tú prepárate para sacar la tarjeta, que Silverman va a hacer feliz a este muchacho —balbuceó Rufo al banquero, que le sonrió y asintió—. *Here, lady, yes, come here, please.*

Roxy apareció con el chaleco semiabierto. Me levanté y quedé una cabeza debajo de ella. Desenfundé la mano para saludar, pero Rufo, sentado, dejó la boquilla en la mesa y tomó suavemente la muñeca de Roxy pidiéndole que se sentase en el sofá con ellos. Ramón estaba inclinado hacia delante, rozándole los senos con el bigote, que no paraba de moverse, y mi miembro enflaqueció al verme trasladado a un segundo plano. Rufo hablaba a trompicones, mezclando una risa histérica en cada frase, mientras seguía bebiendo champán

—*My name is Ricardo Rufo. This is Ramón, president of a big company* que acabo de comprar, yo solito la he comprado, yo solito —dijo mientras se golpeaba el pecho con su dedo índice—. *This is Alberto. This is the banker, no name.* —Paró de hablar unos segundos para reírse de su chiste—. Este muchacho, Alberto, *there, yes, there, he's very much in love with you.*

Los ojos escandinavos de Roxy se posaron sobre mí, sus grandes labios colorados sonrieron y mi verga volvió a endurecerse mientras giraba la muñeca a gran velocidad, incluso después de que el reloj hubiera bajado por el brazo. Rufo apartó el pelo de Roxy y susurró una frase en el negro oído que le hizo reír tapándose los labios. Después, Roxy me agarró la mano y tuve que hacer un movimiento rápido en el pantalón para que nadie notase la erección. Nos encaminamos a una de las habitaciones de los pisos superiores. Caminaba moviéndome como si fuera una acción común y cotidiana, aunque hacía diez años que no me acostaba con una mujer.

Roxy me echó encima de la cama y, sin desabrocharse el chaleco, bajó mis pantalones sin piedad para introducir mi verga dentro de su enorme boca. Eyaculé a los pocos segundos, aunque apretaba los puños diciendo «no, por favor, todavía no». Roxy se subió encima de mí, pero la aparté y salté hacia la puerta, aunque permanecí quedo con el pomo en la mano, pensando que se reirían de mí si salía tan pronto. Volví a la cama, donde Roxy miraba extrañada y le pedí por favor que no contara nada. Ella dijo que me daría un masaje suave para relajarme. Aunque los golpes rítmicos en la espalda me sosegaron, fui incapaz de engendrar otra erección en mi flácido miembro y salí taciturno de la habitación.

La mesa VIP estaba vacía y la chica de la minifalda dijo que mis tres amigos habían subido juntos con dos chicas a una habitación. Les esperé, comiendo cacahuetes, pensando en las historias que contaría sobre mi experiencia con Roxy cuando volviesen.

En el Trafalgar Hotel, Ramón y el banquero dejaron que fuera yo el que acompañase a Rufo a su habitación. En el ascensor, pensé que iba a vomitar en mis zapatos, pero en vez de eso irguió su cuerpo, alzó el dedo índice y habló con los ojos azules dando vueltas.

—Aquí estás con tu Rolex Submariner, *mucha...* muchachito, cómo...Cómo te cuidas.

—Ricardo, es un regalo de mi padre. El único regalo que me hizo en su vida.

—Eres un tío afortunado, Albertito. Con nosotros vas a tener una ganancia segura, segura, segura. Cuando el viejo anuncie la compra de... ¿Cómo se llama? De... Metalensa, eso, las acciones van a dispararse, pum, pum... Así se dispara. Muchacho, muchacho, vas a ganar mucha pasta. Comprarás barato y venderás caro. En tu MBA[5] no te enseñaron eso, ¿verdad? No te enseñaron nada..., nada de nada.

A pesar de que no había hecho un MBA ni ningún curso parecido, no le contradije. Al salir del ascensor, Rufo tropezó y cayó al suelo. Le ayudé a levantarse y apoyó su enorme y peludo brazo sobre mi hombro. Caminamos juntos por el pasillo de la cuarta planta hasta su habitación. Le saqué su llave para entrar, pero me la arrancó de un golpe. Cuando abrió la puerta, se escapó un fuerte olor a perfume de mujer y me pareció escuchar la palabra «Richi» y ver unos pantalones amarillos escondiéndose dentro del cuarto de baño de la habitación. Rufo, lleno de rabia y gruñendo frases incoherentes, avanzó hacia la cama y, agarrando dos revistas que estaban abiertas, las descuartizó. Con trozos de papel en las manos, se fijó en mí y su mirada, con ojos muertos como los de un tiburón, hizo que saliera corriendo por el pasillo sin detenerme en el ascensor. Subí por las escaleras a la planta donde estaba mi habitación, temeroso de que Rufo me persiguiese como un perro rabioso.

Pese al cansancio, dormí poco. Antes de las once de la mañana, hora en la que nos recogían los taxis, ya estaba preparado con mi pequeña maleta. Los banqueros y abogados salieron del hotel junto con Rufo y Pablo, ataviados con la vestimenta del viaje de ida, Teba y pantalón de pinzas. Subí al taxi con dos abogados e hicimos el trayecto en silencio. No vi a Pablo ni a Rufo en la sala VIP del aeropuerto de Heathrow, y tampoco tuve ocasión de hablar con ellos durante el vuelo. De camino a mi apartamento, recibí un mensaje de Sol: «km sts». Contesté sonriendo: «Fenomenal. Tengo buenas noticias».

Esa noche cenamos en una marisquería para contarle que había sido ascendido. Sol estaba sorprendida, no sólo por la noticia, sino también por el restaurante, ya que el único sitio al que la llevaba era la cafetería Mari-Mer, enfrente de mi apartamento. Olvidé mi tacañería y pedí varios entrantes, además de un vino que podría costar lo mismo que mi avituallamiento semanal. Durante la cena le conté mi meteórico ascenso.

—Ahora soy el director de contabilidad de Auriv.

—Suena muy bien —dijo Sol mientras sorbía la cabeza de una gamba—.Es estupendo, pero ¿cómo ha sido? ¿Cuáles son tus responsabilidades? ¿Qué ha pasado con Diana Lid?

Pedí una ración adicional de langostinos mientras reflexionaba sobre la pregunta.

—Diana se ha ido y ahora toda la contabilidad de Auriv tiene que pasar por mis manos. De hecho, vengo de Londres, de una reunión secreta. —Tanto los ojos de Sol como mi pecho se ensancharon—. Todavía no te puedo contar nada, pero he sido el artífice de una operación que cambiará el mapa energético español. Si yo no llego a estar, no lo podrían haber hecho.

Estaba tan contento que no me importó que regresara a casa en la moto que Palanca le había regalado. Al llegar a mi apartamento, experimenté una sensación de felicidad como si fuera un recién casado que, después del banquete de bodas, espera en la cama mientras la novia se está quitando el vestido. Tumbado en mi cama, bajé los pantalones del pijama y, tapándome la cara con el codo para no ver lo que sucedía debajo del vientre, froté el anillo mágico de Aladino, aunque en lugar de una asiática criatura sobrenatural, apareció Roxy y entonces pude, en pocos segundos, realizar espectaculares piruetas sexuales con las que ella gemía de placer. Tras eyacular, giré el cuerpo y dormí boca abajo sin limpiar las pequeñas gotitas que mancharon el pijama.

CAPÍTULO 6

El sábado me despertó el timbre y corrí al portero automático pensando que Sol, debido a mi ascenso, había cambiado el fin de semana con su madre y Palanca para estar conmigo. Lamentablemente, la voz que sonó en el telefonillo fue la de Pedro López, que pedía verme. Con desgana me vestí y bajé a saludarlo al portal. Le propuse desayunar en Mari-Mer, y contestó que sí, pero que dentro del bar y no en la terraza. Cuando el camarero se acercó, yo pedí café con leche y una tostada, y Pedro bajó la cabeza esperando a que el camarero se retirase.

—Alberto, tú también estás metido con don Ricardo en Penrrufosa. Lo sé, no intentes negarlo.

—No lo niego.

—No lo niegas, bien. Creo que nos hemos equivocado, puede que estemos en un buen lío y estamos…, estamos en la boca del pez grande.

—Cálmate. Ricardo lo tiene todo resuelto.

—¿Ricardo? ¿Le llamas Ricardo? Lo tendrá resuelto para él. Nosotros podemos acabar en la cárcel, me lo ha dicho… —Calló de repente y se levantó mirando hacía la ventana, pero volvió a sentarse. Abrió la boca, pero la cerró al ver al camarero con su café y la tostada.

Solicité, para sorpresa del camarero, que cambiase la mermelada de naranja amarga por mermelada de fresa.

—Me lo ha dicho Diana —continuó cuando el camarero se había marchado.

—¿Diana Lid?

—Diana Lid. ¿Conoces a otra Diana? Ella pregunta por ti todo el tiempo, no lo entiendo, no entiendo por qué pregunta por ti.

Volvió a interrumpir su conversación al traer el camarero la mermelada de fresa y, cambiando de expresión, me contó que había visto varias veces a Diana, pero enseguida volvió a poner los ojos de miedo con los que había empezado la conversación. Habló del peligro de ir a la cárcel por delitos de información privilegiada.

—Cálmate, no nos va a pasar nada. El tema está muy bien gestionado por Ricardo, y en España sólo es delito penal si el beneficio sobrepasa los seiscientos mil euros o si la información te la proporciona un funcionario público, que no es nuestro caso. Además, Ricardo me ha invitado a la firma de la compra de Metalensa, eso es que confía en mí... en nosotros.

Poco a poco, Pedro fue tranquilizándose con los datos que le conté sobre la operación en Londres y con la charla que tuve con Rufo en el taxi, aunque no exageré el puesto como lo había hecho con mi hija, y omití el destrozo de su habitación, así como los huidizos pantalones amarillos.

Terminado el desayuno, Pedro, en la puerta de Mari-Mer, se dio de bruces con un joven pelirrojo que lo miraba con cara de admiración. Con un empujón que casi lo tira al suelo, Pedro lo apartó de su camino y se fue corriendo sin despedirse. El chico pelirrojo posó unos segundos en mí sus ojos perdidos y salió después tras Pedro.

Don Luis Mergalina, presidente del Grupo Auriv, había invitado a banqueros y abogados a una celebración tras el anuncio público de la adquisición de Metalensa por Auriv. Estaba esperando en la sala del Consejo, impaciente por estar cara a cara con don Luis. Aunque le había visto las ruedas de prensa tras las adquisiciones que realizaba el Grupo, era la primera vez que estaría en una reunión con él y volví a imaginarme llevando, juntos, la caña de Auriv como dos inseparables capitanes, al igual que lo había hecho días atrás en la sala del Consejo. Tuve que negar con la cabeza, eso no tenía sentido, no podía compararme con don Luis, la persona que había realizado con éxito todas las adquisiciones anuales del Grupo. En las dos últimas décadas, había multiplicado por diez el tamaño que tenía Auriv cuando se la había cedido su abuelo, el primer marqués de Mergalina.

La historia del ascenso de don Luis era bien conocida por los empleados de Auriv. Ocurrió tras la muerte de su padre en un accidente de caza cuando don Luis, o Luisito, como se le conocía en esa época, era un adolescente dubitativo del que se mofaban sus primos mayores porque constantemente tenía que buscar, gritando desconsolado, el refugio materno. Sin embargo, poco tiempo después de asumir el mando, se metamorfoseó en un hombre resolutivo, con fuerte carácter para tomar importantes decisiones, como construir un Consejo de Administración favorable. Reemplazó, por sus amigos, a los consejeros que eran amigos de su abuelo y, aunque mantuvo a sus tíos abuelos, éstos cedieron sus sillones a una o a dos generaciones posteriores, aburridos por la falta de amistades. Tras confraternizar el Consejo, don Luis agrandó la empresa a través de exitosas adquisiciones que anunciaba presumido en ruedas de prensa. En su despacho, tenía enmarcadas las noticias de periódicos de todas sus ruedas de prensa. Las empresas que había comprado Auriv en las dos últimas décadas habían resultado muy rentables y él lo atribuía a su buen olfato para los negocios. Sin embargo, según me dijo Diana Lid en una ocasión, la gloria tenía que compartirla con su tío, hermano menor de su padre y salvaguardia de la familia, ya que durante su larga estancia en el Ministerio de Industria, con gobiernos de uno y otro bando, fue proveedor de información esencial para las operaciones empresariales de su sobrino. Diana pensaba que el reporte no se debía en exclusiva a un amor familiar, sino a la posesión de un gran paquete accionarial en Auriv que el abuelo de don Luis le había dejado, en contraprestación por ceder la presidencia a su sobrino, ya que el abuelo de don Luis quería que todos los presidentes de Auriv se llamasen Luis, como él.

Finalizada la rueda de prensa en la que el soberbio presidente de Auriv había anunciado la compra de Metalensa por Auriv, los abogados y banqueros involucrados se dirigieron a celebrarlo a la sala del Consejo. Yo había entrado en la sala cuando solamente estaba Marifé, que al tener su grueso cuerpo agachado, quedaba decapitada por la mesa de caoba. Parloteaba sin respirar mientras regaba con una manguera verde las plantas de las grandes macetas que estaban en los ventanales y vertía unos polvos amarillos de los que salía un olor sulfuroso. Tenía un pequeño teléfono incrustado en la oreja, aunque no debía de ser una llamada telefónica porque, al verme, tornó su monólogo hacia mí.

—Señor Achares, ¿cómo está usted? Ha llegado pronto y aquí me ve, preparando la sala para la reunión, pero antes tenemos que regar las plantas y echarles azufre. —Al ver mi cara de extrañeza añadió—. El azufre lo usamos como fungicida. Después traeremos el desayuno. Por suerte no será como las comidas de los Consejos de Administración. ¡No se imagina usted lo que se come y se bebe en ellos! Cuando terminan las tres reuniones que hacen al año, siempre tenemos que limpiar a fondo esta alfombra, porque se llena de comida. También hay mucha bebida, señor Achares. Fíjese que primero traemos cervezas con el aperitivo, en el primer plato pasamos vino blanco, en el segundo, tinto, y en el postre, servimos las copas. Ahí tenemos división de opiniones en el Consejo, los del *gin-tonic* y los del *whisky* con agua, que siempre piden Johnnie Walker etiqueta negra. Aunque una vez el conde de la Plétora, un primo segundo de don Luis, pidió que le trajéramos una botella con etiqueta azul y don Luis se enfadó y dijo que eso daba mala imagen. Su primo contestó de malas maneras, le dijo que, si no tenían *whisky* de malta, por lo menos podrían ofrecer las mejores etiquetas de Johnnie Walker. Don Luis le mandó callar y su primo le llamó «Luisito», y empezó a decir que de pequeño, cuando los primos le decían «gritona», él salía corriendo a las faldas de su madre. Don Luis no le dejó terminar. Estaba delante sirviendo, señor Achares, y lo recuerdo como si fuera ayer, porque fue la única vez en mi vida que le he escuchado levantar la voz. Le dijo: «Señor conde, queda usted fulminantemente despedido del Consejo de Administración».

Marifé calló un momento porque la manguera verde se quedó atascada y tuvo que mover sus rechonchos y cortos brazos con ostentación hasta que pudo, por fin, estirarla para llegar a la última maceta.

—¿Estaba don Ricardo en esa comida?

—Don Ricardo y don Pablo no son miembros del Consejo porque no son familiares ni amigos de la infancia de don Luis, o hijos de amigos, que los puestos se heredan. Fíjese en estas placas. —Señaló una de las placas que estaban detrás de los sillones oscuros—. Son los nombres de los miembros del Consejo de Administración. Como los hijos mayores de los amigos de don Luis heredan el sitio en el Consejo, no ha hecho falta cambiar las placas desde que yo entré aquí, cuando era adolescente. El marqués de Erate, que falleció hace poco, era consejero, y ahora, como el puesto lo ha heredado su hijo, no ha sido necesario cambiar la placa, porque se ha quedado con el título.

Al terminar de regar, dejó la manguera en una de las macetas e hizo girar el grifo para que el agua terminara de fluir. Después de guardar el azufre la ayudé a enrollar la manguera.

—Han cambiado pocas cosas desde que entró usted.

—Es verdad. Para el Consejo de Administración es como si no pasara el tiempo. En cambio, don Ricardo sí que ha impuesto novedades. Fíjese que antes, en las reuniones y comités sólo colocábamos bollos, pero como don Ricardo leyó en una revista que en las empresas de Estados Unidos se ofrecía fruta porque los empleados trabajaban más, ahora colocamos también platos con fruta. Permítame, que tengo que preparar el desayuno.

Marifé entraba y salía con dos camareros que colocaron manteles sobre la gran mesa de caoba, limpiaron las cortinas, los ventanales y los utensilios de la chimenea, aunque ya estaban muy limpios, y portaron cestas con bollos de chocolate y de crema, cruasanes, y los platos con frutas exigidos por Rufo: trozos finos de melocotones, melones, plátanos y manzanas. Poco a poco, fueron entrando los abogados y banqueros que habían participado en la operación de Londres, entre ellos el banquero de corbata roja con el que habíamos pasado la noche en el club londinense. Los banqueros y abogados representantes, tanto de Metalensa como de Auriv, charlaban de pie comiendo los bollos y cruasanes hasta que, veinte minutos más tarde, se abrieron las puertas de la sala como las aguas separadas para facilitar el éxodo a Moisés y entraron don Luis y Pablo Pena acompañados por Rufo. Rodearon la mesa y Don Luis se sentó, quedando el resto de pie. Don Luis, que tenía una nariz tan aguileña que las águilas la hubieran descrito como engarfiada en exceso, y un pañuelo blanco en la solapa con forma de triángulo, habló con un volumen muy bajo y los asistentes tuvieron que ladear la cabeza para apuntar las orejas hacia el magnánimo presidente. Su mano derecha portaba un Patek Philippe, el mismo que Rufo había adquirido con su primer bonus de Auriv, probablemente poco tiempo después de la crítica de don Luis por su pulsera ibicenca.

—Estáis aquí para celebrar la compra de acciones de Metalensa. Como sabéis, Auriv va a adquirir el sesenta por ciento de las acciones de Metalensa que están cotizando en bolsa. Quiero felicitar a todos y, en especial, a Ricardo—, al decir su nombre, bebió de un vaso de agua. —Repito, a Ricardo, ¿Eh?, por su extraordinario trabajo manteniendo la compra en silencio hasta mi rueda de prensa.

Don Luis, rascándose su afilada nariz, pidió al camarero con voz baja unos huevos Benedict, y éste salió corriendo como un atleta olímpico. Rufo empezó a hablar antes de que Pablo lo hiciese, aunque se había preparado para hacerlo abriendo la boca sin que se movieran los perfectos pelos de su bigote. Durante la charla de Rufo sobre los beneficios de la operación de compra y las sinergias que le daría a Auriv, Pablo amagó dos o tres veces una intervención, pero como Rufo le interrumpía, dejó de intentarlo. Sin embargo, el banquero de corbata roja pudo hablar, aunque sólo para mencionar que esta operación iba a cambiar el mapa energético español. El camarero colocó el plato delante de don Luis, dos tostadas cubiertas con jamón cocido, huevos escalfados y salsa holandesa, y don Luis comentó que, siempre que iba a Nueva York, tomaba el *brunch* en Pastis, el mejor restaurante para degustar los huevos Benedict. Rufo alabó su buen paladar, aseguró que él también tomaba el *brunch* en Pastis y continuó con su charla.

Yo no prestaba atención al discurso de Rufo ni a los huevos Benedict. Disfrutaba con la chimenea. Era gigantesca, de unos dos metros de ancho y uno de largo, rodeada de mármol en estilo imperio como si perteneciera a un palacio. Dentro se apilaban cinco troncos iguales en perfecta posición geométrica, esperando inútilmente su combustión, encima de una leñera sinuosa de hierro forjado, con una capa de metal dorado rodeándola y en cuyo arco estaba marcado el nombre «GRUPO AURIV». En los inmaculados portautensilios, con dos grandes hojas de hierro forjado patinado a los lados, pendían un atizador, una pala, un fuelle, unas tenazas, un badil y un cepillo que, al tocarlo sin que nadie me viese, comprobé que era de fibra natural. Los virginales instrumentos estaban relucientes y sin ninguna mancha de ceniza. Estaba muy cerca de hacer realidad una de mis ilusiones porque, en poco tiempo, me convertiría en un alto directivo de Auriv y viviría en una enorme casa, cuyo salón tendría una ostentosa chimenea que disfrutaría con mi hija con un vivo fuego que nos calentaría la cara y nos haría sonreír. Rufo terminó su discurso, don Luis se incorporó y comenzó a susurrar.

—Os vuelvo a felicitar y, en especial, a Ricardo, ¿eh? Por el estupendo trabajo que habéis realizado. Auriv cerrará la compra oficial mañana a las tres de la tarde, como acabo de confirmar en rueda de prensa.

—Sí —empezó a decir Pablo—, sólo quiero añadir que…

—Es verdad que es un día alegre —cortó Rufo y Pablo miró hacia el suelo—. Todos hemos sufrido mucho estas semanas y estamos con ganas de descansar y, por qué no, de divertirnos. Don Luis, ¿nos puede invitar a tomar una copa en su despacho? Según he oído, guarda usted varias botellas de *whisky* de malta escocés, por razones profesionales, por supuesto.

Los banqueros y abogados rieron con exageradas carcajadas y don Luis sonrió mientras se limpiaba la boca con la servilleta. Susurró que le parecía una buena idea, y Rufo le agarró del brazo para salir de la sala, seguidos del resto hasta su despacho. Pablo no se movió. Miraba, con los brazos cruzados, el paseo de la Castellana a través los ventanales de la sala del Consejo.

CAPÍTULO 7

El lunes siguiente, todavía sin sentarme en el sillón de Diana, estaba admirando el despacho cuando Félix, responsable del área de impuestos, me tocó el hombro. Di un respingo porque no le había escuchado entrar. Félix era muy grande y conservaba heridas de guerra de su época de jugador profesional de rugby. Preguntó cuáles eran las tareas para el área de impuestos. Ante mi falta de respuesta, tuvo que repetir la pregunta, y añadió que Diana no les había dado instrucciones antes de irse. Pasados varios segundos, contesté que continuaran con las actividades de la semana anterior. Félix contestó que ya las habían terminado, así que le confesé que no lo sabía y que se lo diría más tarde. Antes de que Pedro u otra persona del equipo de Diana Lid me preguntasen por sus tareas, intenté enumerar el trabajo que podía asignar al departamento de contabilidad. No apareció actividad alguna, ya que, en las reuniones de los lunes con Diana, sólo prestaba atención, y no mucha, a mis tareas. Decidí llamar a Rufo para consultarle.

—Hola, Ricardo, quería preguntarte por los temas que tienen que trabajar los equipos de consolidación e impuestos..., y de auditoría también, si puedes.

—Tú eres el nuevo director de contabilidad, seguro que sabes hacerlo, y además deberías estar pensando en cómo gastarte el dinero que tienes, en vez de preocuparte tanto por el trabajo.

—¿Dinero?

—Veo que todavía no te has enterado. Mira tu cuenta corriente y disfruta.

Quedé con el teléfono en la mano y tardé en reaccionar, ya que no recordaba la contraprestación monetaria prometida por Rufo por mi participación en su operación. Abrí el navegador de Internet y, antes de insertar la clave para comprobar el saldo de mi cuenta corriente (como el resto de los empleados de Auriv, en el Banco de Cabárceno), cerré la puerta del despacho. Cuando entré en la página web del Banco, acerqué la cara al ordenador con infinita rapidez, casi rozando la nariz con la pantalla, porque tenía un ingreso de más de medio millón de euros a las cuatro de la tarde del día anterior. Cerré el navegador, temeroso de que alguien hubiese visto mi reacción, hasta que recordé que estaba en un despacho. El deseo de mirar otra vez venció al miedo de ser cazado y volví a entrar de nuevo en mi cuenta. Allí estaba el ingreso: 553.827 euros. Salí del despacho desorientado y sin rumbo hasta que Pedro agarró mi brazo y me llevó a la cocina. Entré como un autómata y, mientras Pedro servía el café, comenzamos a derramar frases al alimón. «¿Has visto? Es increíble, te dije que todo saldría bien», «No me lo puedo creer, no había que preocuparse, es verdad», «¿Cuánto has recibido?». Pedro dijo que tenía en su cuenta cerca de 520.000 euros y me sentí orgulloso porque mi premio era treinta mil euros mayor.

Nos interrumpimos pensando en todo lo que podíamos comprar, con los corazones latiendo a gran velocidad. En un momento dado, le pregunté por el chico pelirrojo al que había empujado cuando salíamos del bar Mari-Mer. Pedro, que estaba a punto de sorber el café con cuidado para no quemarse, dejó la taza, tocó las marcas de su mejilla derecha y salió de la cocina sin articular palabra. Tras terminar mi café y viendo que Pedro no estaba sentado en su sitio, me tomé el día libre para hacer realidad mis ilusiones, que incluían el Audi A3 para Sol, adelantándome a Palanca, alquilar una casa con chimenea en Las Violetas y comprar un catamarán.

Cuando llegué a mi apartamento, después de comprar el Audi A3 en un concesionario que había visto de camino a casa (lo recogería el lunes siguiente), cerré con doble llave y resoplé con fuerza porque había subido corriendo las escaleras. Compré un catamarán en el primer distribuidor que encontré en Internet, sin averiguar el precio en los otros, solicitando un tamaño adecuado para navegar un adulto y un adolescente. Llamé al distribuidor, que recomendó un modelo Hobbie Cat dieciséis pies; pedí que lo llevase a Las Violetas ese fin de semana.

—Eso saldrá caro —dijo al otro lado del teléfono.

—No importa, el dinero no es problema.

Acto seguido, alquilé una casa en Las Violetas, cerca de la playa donde estaban varados los catamaranes, durante los meses de junio, julio y agosto. Grité «¡Bien!» con las manos cerradas en varias ocasiones. Por la noche, llamé a Sol. Me contó que su madre y Palanca pensaban pedirle que ese fin de semana fuera con ellos a Las Violetas para aprovechar los vientos de poniente que acababan de saltar. No estaba dispuesto a que Palanca arruinara mi alegría.

—Vas a poder disfrutar del poniente conmigo. ¿No dices nada? He comprado un catamarán y he alquilado para junio, julio y agosto una casa en Las Violetas, al lado de la playa de los catamaranes.

—¿Y el apartamento de la abuela en San Cristóbal?

—Eso se acabó. El norte ya no existe para mí, ya no volveré al apartamento de la abuela. Ahora vamos a disfrutar los dos juntos en verano. Este viernes iremos en AVE a Málaga, por supuesto en preferente, y de ahí, en taxi a Las Violetas. El siguiente viaje lo haremos en otro tipo de vehículo. No te lo puedo decir, es una sorpresa.

Sol escuchó con mucho interés todo lo que le conté sobre el tamaño y accesorios del catamarán: tamaño exacto, tipo de velas, timones, escotas y cabos. Por la noche fui a encender el televisor para ver un documental, pero con el mando en alto, resolví salir a cenar a una terraza. Cuando volví, me metí directo en la cama y estuve imaginando, durante toda la semana, un estupendo fin de semana en Las Violetas.

Sin embargo, el domingo hicimos el viaje de vuelta en AVE de Málaga a Madrid en silencio, yo observando el paisaje mientras Sol leía. El sábado, pese a las advertencias de los fuertes vientos de poniente, me negué a tomar clases de catamarán invocando mi experiencia marítima en el norte y tardamos muy poco en volcar el barco. Durante diez minutos estuvimos los dos sufriendo las frías aguas del estrecho de Gibraltar, esperando que una lancha de salvamento viniera a buscarnos.

El sábado por la noche, todavía enfadado por la ridícula navegación, escuché que Sol hablaba con Palanca y que él le contaba cómo habían disfrutado del poniente con su nuevo barco. Agarré encolerizado el teléfono. «Pide a mi hija que cambie un fin de semana con su padre para estar con usted, y habla con ella cuando está conmigo… ¿Qué ha dicho? No vuelva a decir eso…, no…, eso no es verdad…, no se le ocurra hablar de mi hija…, yo no hablo de la suya…, cálmese, Palanca, y deje de hablar como un profesor…, sí, me ha oído bien…, se cree usted un académico de la lengua, pero sólo es un imbécil. ¿Hola? Me ha colgado, será estúpido ¡Idiota! ¡Idiota! ¡Idiota!».

Paré de gritar al teléfono móvil porque Sol estaba mirándome con los ojos muy abiertos desde la puerta de su cuarto. El domingo en el tren estaba arrepentido de haberle insultado delante de ella, pero no quise disculparme pensando que la culpa la tenía Palanca. «¿Por qué se mete en la relación con mi hija?», me repetía.

Cuando estábamos cerca de la estación de Atocha, Sol dejó el libro y abrió los labios como si quisiera hacerme una pregunta pero, en ese momento, Rufo llamó a mi móvil para invitarme el sábado siguiente a cenar en su casa con don Luis y Pablo. Cuando colgué y le pregunté qué quería, Sol, a la que se le había oscurecido el pelo rubio durante el viaje, contestó sin mirarme que no era importante.

El viernes, Pedro apareció en el despacho asustado

enseñándome en su tableta una noticia del periódico *La Nación*. Antes de que pudiese verla, entró la señora de la limpieza en el despacho y Pedro sugirió que fuéramos a la cafetería. Allí colocó un cubo en la puerta y una fregona en posición de cuarenta y cinco grados, para que nadie pudiera entrar. Sin querer tomar café, Pedro me enseñó la tableta mientras se rascaba la cara con más fuerza de lo habitual.

INFORMACIÓN PRIVILEGIADA EN AURIV. *La CNMV ha lanzado una investigación hacia el Grupo Auriv por posible abuso en el mercado de valores a través información privilegiada en la flamante operación de compra de Metalensa por Auriv.*

—La CNMV ha descubierto movimientos raros —Pedro calló porque escuchó un ruido fuera de la cocina y se quedó mirando la puerta.

—Estamos protegidos por Ricardo.

—¿Protegidos? A don Ricardo sólo le importa una cosa: él mismo. Sería capaz de vender a quien fuera para salvar su pellejo, ya le cortó la cabeza a Diana.

—Eso no es verdad.

—¡Claro que es verdad! No entiendo por qué Diana te defiende cuando, además de quitarle el puesto, la atacas—gritó Pedro con las pupilas dando vueltas en sus ojos como la ropa dentro de una lavadora—. Don Ricardo la despidió porque no firmó la sociedad; y ahora nos van a echar el muerto a nosotros, que sí firmamos. Estamos perdidos.

—Te aseguro que no tendremos ningún problema. De hecho, mañana voy a cenar a su casa.

—¿Cenar a su casa? Me vas a traicionar, me vas a culpar de la operación.

Intenté negarlo, pero Pedro levantó la mano y, después de unos sepulcrales segundos, con la cabeza gacha como una novia plantada en las escalinatas de la iglesia, tiró la fregona y el cubo al suelo y salió de la cocina. Recogí lo que había tirado, y enfilé hacia el despacho, pasando por la silla vacía de Pedro.

El documental que vi esa noche relataba el caso del puente de Tacoma Narrows, primer puente colgante que conectaba la península Olímpica con el estado de Washington, en Estados Unidos. Construido en 1940, fue un fracaso prominente en la historia de la ingeniería. Cuatro meses después de su inauguración, un día con vientos huracanados de setenta kilómetros por hora, los ochocientos cincuenta metros del puente empezaron a oscilar con amplitud, en aumentando hasta que las convulsiones arrancaron varios cables y el puente se rompió. Afortunadamente, no hubo muertos, pero en una imagen del documental se veía a una persona caminando por el puente, que se movía como si alguien estirase un chicle, porque quería buscar a su perro que, paralizado por el miedo, estaba inmóvil en la mitad del puente.

CAPÍTULO 8

El sábado conduje, con el Audi A3 que había comprado a Sol, por el paseo de la Castellana y entré en el aparcamiento de la casa de Rufo, donde estaban estacionados varios coches, entre ellos, un Audi A3 del mismo color, azul oscuro. Cuando salí del coche, casi choco con un mayordomo que estaba de pie a mi lado y que me acompañó a la puerta de la casa por unas escalinatas de piedra. Tenía una barba frondosa y unas enormes cejas negras, y vestía un uniforme que no parecía de su talla. Antes de dejarme frente a dos puertas que se asemejaban a las que daban acceso a la sala del Consejo de la planta noble del Windsor, pidió con voz ronca las llaves del coche y, señalando un cuenco, indicó que el mecánico las dejaría allí después de aparcarlo correctamente. Abrí las puertas, los comensales callaron durante unos segundos y después siguieron con su conversación. Tenía la boca abierta de asombro porque, además de Rufo, don Luis Mergalina, su mujer y Pablo Pena, también estaban Cristóbal Palanca y Eva, mi exmujer. Divisando a Palanca amigablemente integrado, pensé que el titular de *La Nación* lo había imaginado, que no se había publicado noticia alguna contra el Grupo Auriv, y que la CNMV no estaba investigando la información privilegiada. Estaba tan impresionado que tardé en percatarme de que Eva llevaba un gran sombrero negro que tenía una figura de un barco antiguo de vela colocado encima.

El espacioso salón tenía una mesa de cristal en el medio y tres sofás blancos que la rodeaban en forma de «u». Sin reparar en las cabezas de animales disecados y en los cuadros de pintura moderna, concentré mi atención en la gigantesca chimenea, que tenía una rejilla en la que se podría haber asado un buey. La casa de Rufo, con muebles barrocos y venados de múltiples puntas, no reflejaba su origen humilde o la época en la que, rebelándose contra su padre, que quería que continuara con el oficio familiar de pocero, se había marchado a vivir a Ibiza a una comuna *hippy*. Todo el departamento de contabilidad sabía que él, junto con Pablo Pena, había sido uno de los fundadores del mercadillo de Punta Arabí, fabricando y vendiendo pulseras ibicencas. Muchos en Auriv aseguran que, incluso en ese periodo, Rufo era conocido por su agresivo liderazgo, chillando con su vocecita aguda mientras Pablo Pena gestionaba en silencio la fabricación y el proceso comercial de las pulseras. La rebelde experiencia fue efímera, porque los dos se trasladaron a los pocos años a Madrid para trabajar en el Banco de Cabárceno. Al año siguiente, Auriv, con don Luis en plena escalada empresarial, compró el Banco y desde entonces fueron directivos del Grupo Auriv.

Palanca, Pablo y mi exmujer estaban a un lado del sofá, debajo de la cabeza disecada de un muflón. El otro grupo lo componían Rufo, don Luis y su mujer, en el que sólo hablaba don Luis, con tono velado, mientras Rufo escuchaba con atención y su mujer comía canapés que cogía de una mesa contigua. Caminé hacia este grupo. Don Luis calló un momento al verme, frotó su afilada nariz y prosiguió su relato con voz baja sin volver a mirarme.

—Los mejores vientos para cruzar el Atlántico son los alisios, que están desde octubre a marzo, porque así viajas en rumbo de empopada todo el camino, y las olas, que golpean en la popa, te ayudan a avanzar. Es como sentir que el mar te recoge en su mano.

—Qué metáfora más bonita, se nota que es usted un gran

navegante —señaló Rufo.

—Claro, es que me encanta el mar o, mejor dicho, la mar. Ahora bien, la mar hay que probarla con muchos vientos, ¿eh? Por ejemplo, un año crucé el charco con el viento en contra, con Erate padre.

—Es una gran pérdida, esperemos que su hijo mantenga el espíritu marítimo.

—Lo vamos a echar de menos. Erate tenía la capacidad de ver los vientos, aunque, por supuesto, yo era mejor navegante que él, en destreza y técnica, ¿eh? ¿Te he contado la vez que cruzamos él y yo el estrecho de Gibraltar con vientos de más de treinta nudos?

—Me encantará oírlo, don Luis —contestó solícito Rufo.

Mientras don Luis relataba excitado, aunque con bajo volumen, la travesía desde Las Violetas hasta el estrecho en un día con temporal de levante y olas de seis metros, el mayordomo hizo una seña a la doncella, que apareció ofreciendo copas de vino tinto en una bandeja a don Luis, quien aceptó, y a su mujer, quien rechazó por un canapé. Fui a coger esa copa de la bandeja, pero el mayordomo interpuso raudo su barba entre la doncella y yo para darme una de mayor tamaño que las del resto.

Don Luis susurró los enormes peligros de su viaje como si fuera un cuento de terror. Las olas entrando en el barco por popa estaban mezcladas con las velas rotas por el viento, mientras el barco escoraba hasta casi lanzarlos al mar. Cuando acabó la fábula, quise participar en la conversación marina.

—Yo tengo un catamarán en Las Violetas, aunque sólo mide dieciséis pies. Cinco metros.

La mujer de don Luis sonrió, pero él me miró extrañado. Parecía no entender cómo un empleado de Auriv que no era un alto directivo había hablado delante suyo. Incómodo, se fue hacia el grupo de Palanca, dejando su copa de vino sin tocar, y seguido por su mujer, que llevaba un canapé en la mano.

Cuando Rufo y yo estuvimos solos, éste alzó su copa para brindar.

—¿Entiendes de vino? —Rufo no me dejó contestar—. Aunque no quieres presumir, seguro que eres un experto, lo veo en tus ojos. ¿Sabes que la mejor forma de apreciar la calidad de un vino es bebiéndolo de un trago? Y este vino es excelente.

Obedecí, y el mayordomo recogió la copa vacía para darme otra, que volví a tomar de una vez, después de brindar con Rufo. Pablo Pena me había mirado varias veces mientras bebía y, por instinto, me fijé en mi Teba verde. La había comprado esa semana emulando a los integrantes del viaje a Londres para la compra de Metalensa por Auriv. Comprobé que no tenía ninguna mancha. Al volver la cabeza, Rufo ya se había ido; yo era un náufrago en el medio del salón y, para no parecer ridículo, caminé hacia la chimenea. Sentado en un sillón cercano, agarré el atizador del portautensilios y moví los troncos. Cerré los ojos e imaginé un gran fuego delante de mí, con los troncos encendidos debajo emitiendo un calor fuerte, que implica dolor, pero un dolor agradable. Una mano en el hombro me transportó a la realidad, alcé la cabeza y vi de cerca el sombrero negro con la desproporcionada figura del barco antiguo de vela.

—Ahora llevas Teba.

—Hola Eva —Me levanté despacio, pero sin darle dos besos—. Bonito sombrero.

—¿Te gusta? Es de la diseñadora Isabela Soplo. La miniatura está hecha con plumas de cuervo. —Estuvimos callados durante varios incómodos segundos y sentí un pinchazo en la cabeza—. Me ha dicho Sol que has alquilado una casa en Las Violetas para este verano y que te has comprado un catamarán. —Se hizo el silencio y yo me restregué la cara para hacer desaparecer mi mareo. Después, ella continuó— Cristóbal ha montado en catamarán desde siempre.

—Estupendo.

—A Cristóbal le encanta navegar en Las Violetas.

—Fenomenal.

—Lleva toda la vida veraneando ahí y Sol lo pasa muy bien navegando con nosotros.

—Me alegro mucho.

—¿Qué te pasa, Alberto? Te estás riendo de mí cuando he venido a verte con buena voluntad. No he querido mencionar la estupidez que hiciste el domingo con Cristóbal y encima reaccionas como si yo hubiese hecho algo malo.

Siguió hablando, pero no escuché el resto de su retahíla, me dolía demasiado la cabeza. Estaba acalorado, exploté y le hablé como si estuviera borracho.

—Estoy harto de ti y del enano gordo con el que te has casado, que piensa que es un académico por usar palabras rebuscadas. ¿Os habéis creído que podéis hacer lo que queráis con Sol porque tenéis dinero y porque Palanquita conoce a cuatro políticos corruptos? Esto se va a acabar, a ver si te enteras. Si tenéis un viaje a África o a China, lo siento mucho, pero iréis sin ella.

—Baja la voz y deja de insultar.

—Hablo como me da la gana y tú no puedes decirme nada. Mírate, ¿Has visto en el espejo la estupidez que llevas en la cabeza? Te has convertido en una gran mentira. Antes te horrorizaba el campo, nunca querías salir de la ciudad, y ahora eres la más cazadora del país y además…

—¿Existe algún conflicto? —Preguntó Palanca que se había acercado.

Eva le agarró el brazo y le tranquilizó, como si su marido fuese un portero de discoteca enfadado. Los dos nos mirábamos fijamente, intentando no movernos. Palanca estaba inmóvil, y yo, cada vez más mareado, me tambaleaba y necesitaba sentarme, pero no quería que Palanca pensara que tenía miedo, así que hice un esfuerzo para mantenerme en pie.

—Señor Achares, la vestimenta de la Teba diverge acorde con el horario. La de color verde sólo se emplea durante el día. Después del anochecer, hay que arroparse con una azul.

—«Arroparse», «diverge»… Es usted tan pedante que da asco. Y lo importante es la percha, Palanca; en su caso, ninguna de las dos chaquetas quedaría bien.

Palanca y Eva se marcharon sin contestarme. Aunque era la primera vez en mi vida que reaccionaba rápido ante un insulto, no me sentí reconfortado. Me hundí en uno de los sofás y cerré los ojos. Al cabo de unos minutos, los volví a abrir, porque así la cabeza daba menos vueltas.

Rufo apareció en la puerta y pidió a Palanca y a don Luis, que hablaban en ese momento con Pablo, que le acompañasen. Salieron y dejaron solo a Pablo. Las dos mujeres anunciaron que aprovecharían la reunión para ir al cuarto de baño. Pablo y yo quedamos solos en el gran salón. Yo, derrumbado en la butaca, y Pablo, con los pies clavados en un cubo de cemento, apretando los puños con tanta fuerza que si hubiese tenido un vaso en la mano lo hubiera hecho pedazos. Tras varios minutos, Rufo abrió la puerta y con un gesto le indicó que entrara. Pablo caminó hacia él como un ciudadano francés empujado hacia la guillotina durante el reinado del terror, condenado por ser contrarrevolucionario.

Aun cuando el enorme salón giraba en mi cabeza, pude observar que los cuadros de arte moderno eran muy parecidos a los de sala del Consejo del Windsor, sólo que de mayor tamaño. Eran de fondo blanco con trazos de tinta azul y gris corridos y, al igual que los de la sala de la planta noble, parecía que el pintor los hubiera dejado al aire libre en un día de lluvia. Sin poder evitarlo, cerré los ojos y escuché, como en sueños, una bulliciosa conversación con ruidosas amenazas proferidas en tonos altos. Desperté cuando el mayordomo, con fuertes tambaleos que hacían mover su tupida barba, dijo que la cena estaba lista y que todos los comensales estaban sentados. Una taladradora perforaba mi cerebro. Parecía que estuviera haciéndome una resonancia magnética, con las ondas de radio golpeando las paredes como granizos furiosos. Anduve despacio como un borracho, pero choqué con el enorme portautensilios y caí al suelo tirando los utensilios. El mayordomo los recogió mientras yo caminaba a trompicones hacia el comedor, apoyándome en la pared para no caer otra vez. Llegué hasta la mesa de caoba, donde tenía un sitio al lado de Pablo, que miraba hacia su plato vacío, con la cara apoyada sobre sus puños y la gomina a punto de desaparecer. Un camarero vestido con chaqueta blanca y guantes del mismo color empezó a servir el vino. Cuando llegó a mi sitio, el mayordomo le paró con su manaza y le dio una copa repleta de vino para que me la ofreciera, pero la rechacé: con sólo dos vasos estaba tan mareado como si me hubiese emborrachado con una botella entera de *whisky*.

El comedor se encontraba iluminado por tres candelabros colocados sobre la mesa y, debido a una astuta colocación de sus brazos, las luces eran irregulares, dejándonos a Pablo y a mí casi en penumbra mientras don Luis y Rufo, al otro lado, quedaban iluminados como actores en un teatro. Los sonidos aparecían y desaparecían en mi cabeza y, aunque fui varias veces al cuarto de baño a refrescarme la cara, casi caigo desmayado encima de Pablo. En el segundo plato, cuando mis párpados habían dejado de luchar por mantenerse abiertos, un comentario de Rufo me despertó.

—Don Luis, la decisión de reemplazar al consejero delegado ha sido muy acertada. El Grupo Auriv se ha caracterizado siempre por la participación activa de sus altos directivos, tanto en las decisiones más relevantes como en el día a día del negocio. Es lo que sostiene al Grupo, de otra forma nuestra cultura se perdería.

—Esto es intolerable don Luis. La decisión de reemplazarme es suya y la respeto, pero usted no puede permitir que se hable así al CEO actual del Grupo.

La frase de Pablo que había nacido del lado oscuro del comedor nos dejó a todos quietos, salvo a la mujer de don Luis, que fue la única que siguió comiendo.

—Ricardo tiene razón, te veo ausente —susurró don Luis rascándose la nariz con insistencia—. Pablo, este lío de la CNMV está haciendo algo de ruido que no me gusta. Sabemos que no pasará nada pero no me ha gustado. Has sido un buen consejero delegado y para tu tranquilidad, cuando anuncie el cambio en rueda de prensa, hablaré de lo mucho que ha crecido el Grupo gracias a ti. Bajo mi supervisión, por supuesto.

—Es verdad, don Luis —intervino Rufo—, de un tiempo a esta parte se ha comprobado que ha perdido foco en el negocio. En resumen, no está a la altura del puesto.

Pablo tiró la servilleta a la mesa y, sin contestar a los bisbiseos de don Luis, que le reiteraba que no le criticaría en la rueda de prensa, rodeó la mesa hacia el lado iluminado y habló a Rufo con el dedo índice.

—Eres un traidor y te vas a arrepentir de esto, te lo aseguro.

Pablo salió de la casa tirando el cuenco con los juegos de llaves de los coches. Me levanté de la silla con esfuerzo y salí del comedor sin que nadie hiciera un gesto para retenerme. Balanceándome, agarré del suelo las llaves de un Audi A3 y bajé con cuidado las escalinatas de piedra como si descendiera del volcán Kilimanjaro. Entré en el coche a duras penas y, al salir del aparcamiento al paseo de la Castellana, me maravilló lo grande que era la luna, que brillaba con mayor esplendor de lo habitual. Me pareció escuchar pitidos, pero como noté un olor extraño impregnado dentro del coche, los pitidos se desvanecieron.

Avancé despacio por la Castellana. Los párpados ya no luchaban por mantenerse a flote y la cabeza giraba como un tiovivo. Sólo el fuerte olor del coche me mantenía despierto. Todavía quedaba un largo trayecto para llegar a mi apartamento y luché por no dormirme, pero fue inútil. Paré el coche delante de la plaza de San Juan de la Cruz, porque los semáforos de la Castellana se agrandaban y empequeñecían dentro de mi cabeza, e incluso confundía los colores. No sabía si estaba rojo, ámbar, verde, azul o amarillo. Me quité las gafas y froté mis ojos con fuerza. Parado en uno de los carriles centrales oí, como en un sueño, los bocinazos de coches acompañados de insultos que sonaban en mi cabeza con retorno, porque los escuchaba una vez que habían desaparecido. Miré a la derecha. Allí estaba el Museo de Ciencias Naturales, y recordé la primera vez en que había llevado a mi hija. Sol estaba emocionada; conocía muchos nombres de dinosaurios. Murmurando en alto, hablé con ella como si estuviera a mi lado.

«Me acuerdo perfectamente. Tú sabías los nombres del Triceratops, Diplodocus, Pterodáctilo, Stegosaurus y, por supuesto, del mítico Tyrannosaurus Rex. Hacías dibujos de dinosaurios y tenías muñecos de goma con los que jugabas. Estabas muy emocionada con la idea de verlos en el museo, pero al pasar la puerta comenzaste a temblar de miedo. No parabas de llorar porque pensabas que el Tyrannosaurus Rex iba a hacerte daño. Lloraste tanto que no quise esforzarme para que vieses que no estaban vivos y nos fuimos mientras yo refunfuñaba por haber tenido que pagar la entrada. Un par de días después, los muñecos de los dinosaurios y tus dibujos habían desaparecido del cuarto».

Un estruendo parecido a un disparo de una escopeta hizo desaparecer el sueño. A mi derecha, un coche estaba empotrado contra un árbol. A través del humo del coche, que era igual que el mío, un Audi A3 de color azul oscuro, una cara blanquecina movía los labios. Intenté abrir la puerta, pero estaba demasiado embutida y mis flacos brazos no conseguían moverla. Y no hubiese podido hacerlo si no llega a aparecer un hombre fuerte con una camisa negra apretada que paró su coche y arrancó la puerta con sus dos tenazas. Entre el forzudo y yo sacamos al accidentando del coche y, en ese momento, reconocí a Pablo Pena, quien, al verme, fue a decir algo, pero calló al distinguir a otra persona.

Pedí al forzudo que llamase a la Policía y se colocó en el medio del paseo de la Castellana moviendo ostensiblemente sus enormes brazos. Pablo, tumbado en el suelo, se incorporó, escupió sangre y comenzó a hablar con la respiración entrecortada.

—Tu coche... Alberto... Yo no quería.

—Es mejor que no hables, ahora llegará una ambulancia.

—Estaba detrás de ti, detrás... Y no hiciste caso... Pitaba.

—Cálmate, Pablo. Por favor, no hables.

—Tienes que creerme... Yo no... Fue Richi... Él quería matarte.

CAPÍTULO 9

Un escalofrío recorrió mi cuerpo. El aire nocturno se enfrió y la luna que antes había visto tan brillante pareció cubrirse con un velo opaco mientras se evaporaba su haz de luz, proyectándose una gran sombra sobre mi cabeza. Recuperé algo de la sobriedad perdida.

—¿Matarme?

—Fue Richi, me obligó… La cárcel, por tu culpa… Yo no quería.

—¿Por qué? ¿Cómo iba a hacerlo?

—Con él, es muy peligroso… Colocó un vino en tu…, un sedante en tu vino. —Pablo respiraba entrecortado y, después de un silencio, añadió— Penrrufosa… Perdimos mucho Richi y yo.

—¿Penrrufosa? Pero si Penrrufosa es la sociedad que utilizamos para…

—Lo perdimos todo —interrumpió Pablo—. El Grupo…, quebrado. Don Luis, don Luis nos hubiese echado… Dinero, necesitábamos dinero.

Había estado escuchando de cuclillas frente a Pablo, pero tuve que sentarme en el suelo. El forzudo gritaba a su móvil sobre el peligro que corría la vida de una persona. Cuando Pablo se irguió para toser, el efecto del sedante desapareció. Se limpió la boca, pero aún quedaron restos de sangre en su antes intachable bigote. El forzudo con la camisa negra apretada nos interrumpió a gritos anunciando que la Policía estaba de camino. Aunque la calle estaba vacía, movió sus grandes brazos enlutados como si fuera un náufrago en una balsa que divisa un barco. Pablo, después de volver a escupir, agarró mis brazos y, acercando su cara a la mía, dijo en voz baja.

—La caja… 28…0669.

—No entiendo. ¿Qué caja?

—Ibiza… 28…0669.

—¿En Ibiza? ¿Qué quieres decir?

—Ignífuga, la caja ignífuga.

—Ese número… ese número es la combinación de la caja. ¿Qué hay dentro de la caja?

—Todo —Pablo bajó los ojos y pensé que se había dormido, pero los abrió segundos después—. Cuidado, es peligroso, es un traidor.

Cerró los ojos, y su cabeza cayó al suelo haciendo un ruido seco como si se hubiera roto, y dejó de respirar. A lo lejos se escuchaban las sirenas de la policía y el forzudo, aunque todavía no se les veía, daba saltos señalando el cuerpo de Pablo. Me metí en el coche y lo aparqué cerca, sin ser visto. Después, corrí por el lateral de la Castellana hacia la torre Windsor. Corría por la acera del lado de Nuevos Ministerios para estar más alejado de la gente. Al pasar cerca de un vagabundo que se disponía a dormir, aceleré la velocidad pensando que me miraba con cara acusatoria.

Llegué a medianoche a la puerta de la torre Windsor, cuyos cristales tenían una fuerte claridad, como si un inexistente sol se reflejara en ellos. Agarré el teléfono móvil para marcar el número de Diana, pero antes de que sonara el primer tono, colgué porque me dio vergüenza pedir ayuda después de haber usurpado su puesto. Llamé a Pedro y saltó el buzón de voz. «Pedro, soy Alberto. Estoy en la puerta del Windsor. Tenemos que hablar, es muy urgente. Tenías razón, Ricardo ha querido asesinarme. Llámame, por favor. En la caja ignífuga de la sala del Consejo hay papeles que lo inculparán. Tengo la combinación. Llámame, por favor».

Tardé varios minutos hasta decidirme a entrar y, al ver a Paco, me maldije por no haber pensado en una excusa para entrar en el edificio a esas horas. Afortunadamente no fue necesario, ya que Paco renqueó hacia mí con un manojo de llaves.

—Señor Achares, a usted lo están explotando. No me diga nada, el jefe le ha llamado cuando estaba cenando con su señora para que viniese a trabajar. Eso es lo que hay, los curritos, a currar. Se lo digo yo, antes el trabajo era una maldición, hoy es una obsesión.

—Sí, sí. Gracias, Paco.

—En mi anterior trabajo esto era normal. Una noche observé algo increíble…

—Perdone, Paco, es que tengo algo de prisa.

—No se preocupe, señor Achares, venga conmigo. ¿Adónde va? ¿A la sala del Consejo? Vaya ¡A la planta noble! Le explotan, pero confían en usted. Seguro que le irá bien en el Grupo, porque a quien a buen árbol se arrima, buena sombra le cobija. Se lo digo yo.

Paco siguió hablando durante el trayecto en ascensor hasta la planta dieciocho martirizándome con dos o tres refranes antes de abrir las puertas de madera de la sala del Consejo. Cuando las cerró, su voz desapareció mientras oscilaba su pata de palo de un lado a otro hacia los ascensores. Me dirigí veloz al pequeño mueble que estaba debajo del cuadro de arte moderno y que guardaba la caja ignífuga. No pude abrirlo, aunque lo intenté con fuerza. Estaba desesperado. Grité y, tras pegar un puñetazo a la mesa que me obligó a llevarme la mano a la boca, comencé a girar sobre mí mismo, insultando en voz alta hasta que vi el atizador en el portautensilios de la chimenea. Lo inserté en el medio del mueble y di un golpe seco. Temblando, abrí la caja con el número que había dicho Pablo.

Dentro había una carpeta roja con el sello de «CONFIDENCIAL» estampado en la portada, pero era una carpeta diferente a la que había llevado a Rufo semanas antes con los datos de Metalensa. Extraje de la carpeta papeles que describían actividades de Penrrufosa, la sociedad de Rufo y Pablo a través de la cual habíamos comprado las acciones de Metalensa. Los papeles incluían comprobantes de pagos desde Auriv a la sociedad, para comprar derivados financieros, futuros sobre el precio del oro, con el aval de Auriv. La cabeza me daba vueltas. ¿Sabría don Luis que se estaba poniendo en riesgo al Grupo con los futuros sobre el oro? ¿Era ése el motivo de la operación con Metalensa? ¿Cuál era mi papel? Una marioneta fue la primera respuesta que me vino a la cabeza, una marioneta estúpida.

El contenido de la carpeta roja seguía sobresaltándome, porque también había una detallada descripción (con planos, horarios y flujo de clientes) de la oficina del Banco de Cabárceno de la calle Capitán Haya. Ésa era, justamente, la oficina donde yo había comenzado a trabajar veinte años antes, junto con mi compañero Ada. No pude continuar el examen porque escuché un ruido y, antes de girar la cabeza, sentí un golpe. Lo vi todo negro y caí de bruces sobre el suelo.

Sin saber cuánto tiempo había estado desmayado, desperté de un salto. Una brasa estaba quemando la suela de mi zapato. Parpadeé intentando enfocar y busqué las gafas, pero no las encontré. Me costaba entender qué estaba sucediendo. Varias brasas, rojas y ardientes, devoraban la alfombra, y la sala del Consejo estaba, poco a poco, cubriéndose de humo. Tosí y me limpié las lágrimas. Tenía que escapar. Me tapé la cara con los brazos y salí de la sala. El resto de la planta noble comenzaba a arder y un humo oscuro se estaba haciendo dueño de la situación, pero pude llegar a la salida de emergencia sólo con un leve escozor en los ojos. Abrí la puerta y el oxígeno entró sabrosamente en mi nariz. El viento limpió mis lágrimas y abajo, donde Paco me había recogido un día que había tenido que bajar andando quince pisos porque había salido sin darme cuenta de que las puertas se cerraban por fuera, había un coche de bomberos y Paco daba vueltas cojeando. No me habían visto. Respirando aire puro estuve a punto de gritarles, pero en ese momento recordé que no había cogido la carpeta roja y, por tanto, no podría incriminar a Rufo. Tenía la salvación del fuego a mis pies y en la sala del Consejo, la venganza de la persona que había intentado matarme. «Sé valiente, Alberto», dije en voz alta y, sin creer lo que estaba haciendo, entré en la planta noble.

En sólo unos segundos, el negro aire se había oscurecido y el calor, que abrasaba, producía mayor sofoco. Abriendo muy poco los ojos y mirando al suelo, llegué a la sala del Consejo. Cuando aparté una de las puertas de madera, ya que la otra estaba en el suelo ardiendo, sentí que unos gases tóxicos quemaban mi nariz, mi garganta y mis pulmones. Me tumbé lo máximo que pude, respiré mejor y, cuando logré enfocar la visión, quedé perplejo porque la carpeta roja había desaparecido de la mesa y la caja ignífuga estaba cerrada. Un gran ruido hizo desaparecer mi sorpresa y giré mi cuerpo para escapar, aunque no pude hacerlo. La sala del Consejo estaba bloqueada por una furiosa negra niebla que impedía el paso. Era una trampa mortal. Tuve pánico de morir asfixiado o quemado, porque la ropa estaba muy caliente, casi en combustión, y podía prender fuego en cualquier momento. Entonces vi la manguera verde que utilizaba Marifé para regar las plantas de la sala. La desenrollé, colocando el mango amarillo cerca de la nariz, y abrí el grifo con la máxima presión y mojé la cabeza y la ropa, esfumando los vapores venenosos de mi nariz. Con la salvadora combinación de H_2O, salí gateando rápido hacia las escaleras de emergencia, pero a menos de diez metros de la puerta, la manguera no quiso avanzar más.

Aunque eran sólo diez metros, suponían un infierno sin el

agua bendita de la manguera verde. Tenía dos opciones: seguir gateando o correr de pie, que iría más rápido, pero con mayor riesgo de arder. Pese a las advertencias del documental sobre incendios, elegí la segunda opción y escapé como si me estuvieran persiguiendo. Todo se nubló de repente, no vi por dónde corría. El humo entró en mi nariz como una metralleta y, aun cuando los negros gases tóxicos en mis pulmones me querían hacer desmayar, conseguí llegar a la salida de emergencia. Con el redentor aire puro, me desplomé sobre el suelo metalizado de las escaleras de emergencia, y, cegado por las llamas del edificio Windsor, entré en el reino de la oscuridad.

CAPÍTULO 10

Abrí los ojos y vi a Diana agarrando la mano a Pedro, al que le habían desaparecido las marcas de su mejilla. Él manoseaba con fuerza el pecho izquierdo de Diana. Apagué los ojos y volví a dormir.

Desperté algún tiempo después y, aunque Diana y Pedro estaban delante de mí, en esta ocasión no estaban tocándose y Pedro volvía a tener marcas en la cara. Sólo una pequeña sonrisa se dibujó en los labios de Diana, que me miraba, acariciando su collar dorado, como una madre a un hijo que acaba de salir de una operación quirúrgica. No sabía dónde estaba, imaginé que me encontraba en la oficina, en el despacho de Diana, sin recordar lo que había sucedido horas antes. Giré la cabeza. En la ventana, el sol entraba a través de unos barrotes blancos con pintura desgastada. Las paredes del cuarto eran blancas, había una vieja televisión colgada del techo y una bandeja con comida sin tocar al lado de la cama. Miré mis manos, la derecha estaba unida por una vía a un tubo que terminaba en un recipiente.

—¿Te encuentras bien? —preguntó Diana, agarrando mi mano.

—Me llamaron desde aquí porque era la última llamada que tenía tu móvil— dijo Pedro con los ojos mirando al suelo—, y yo…, yo llamé a Diana porque no sabía qué hacer.

Diana, sentada en la cama, volvió a preguntar si estaba bien. Me incorporé y bebí agua del vaso de la bandeja sin contestar. Intenté levantarme, pero me mareé de nuevo y caí desmayado.

Cuando desperté otra vez, el sol había desaparecido de la ventana, la habitación estaba vacía y mi mano ya no estaba unida a la vía. Caminé con dificultad hasta el cuarto de baño y, al salir, me di de bruces con Diana, que se rio, aunque Pedro nos observaba con semblante serio.

—Perdón, no os había oído y estaba en el…

—¿Estás bien? —interrumpió Diana—. ¿Qué ha pasado?

Les relaté lo sucedido: la cena en casa de Rufo, el accidente de Pablo Pena y la entrada en el Windsor.

—Abrí la caja ignífuga de la sala del consejo con la clave que me dio Pablo Pena antes de morir. Ricardo guardaba una carpeta roja con derivados financieros sobre el precio del oro avalados por Auriv. También había una descripción de una oficina del Banco de Cabárceno, que es justo donde yo empecé a trabajar. No entiendo por qué de las mil oficinas bancarias que tiene el banco, sólo detalla esa. Estaba leyendo cuando me golpearon.

Pedro dijo con tono de burla que le seguía llamando Ricardo como si fuera su amigo, pero sin escucharlo, Diana me ametralló a preguntas: ¿de qué derivados estaba hablando? ¿Por qué Pablo Pena me había dado la clave? ¿fue Rufo el que me golpeo? Yo respondí a trompicones. Mientras, Pedro miraba su tableta electrónica hasta que Diana se la arrancó de las manos para enseñarme la página de *La Nación*.

INCENDIO EN EL WINDSOR. *Desastre sin parangón en la capital. La emblemática torre de Madrid ha ardido esta noche dejando el edificio en escombros y con multitud de cenizas alrededor. El guardia de seguridad, Francisco Giménez, estaba dormido a la hora del incendio y dentro había varios empleados en ese momento, entre ellos Alberto Achares, recientemente nombrado director de contabilidad del Grupo Auriv. También se registraron entradas al edificio por el aparcamiento que están siendo investigadas. En otro suceso, el consejero delegado de Auriv, don Pablo Pena, ha fallecido debido a un desgraciado accidente automovilístico en el paseo de la Castellana.*

—«Emblemática», «parangón»…, qué lenguaje más pedante. Típico de Palanca.

—¿Qué importan las palabras que usen? —gritó Pedro—. Don Pablo ha muerto, a ti te van a buscar tanto don Ricardo como la Policía, y nosotros estamos en peligro por estar aquí contigo. —Devolví la tableta a Pedro, que la cogió como un niño pequeño al que le han quitado su juguete. Diana agarró de nuevo mi mano y dijo que ellos me ayudarían a escapar—. ¿Escapar? Eso supondrá alteración de la justicia y seguro que acabamos en la cárcel.

—Pedro tiene razón, no vale la pena que os arriesguéis por mí.

—La Policía no te busca todavía, abajo sólo hay periodistas. Alberto, te vamos a sacar de ésta porque somos un equipo. Vamos a luchar juntos.

—Luchar juntos… No entiendo por qué te empeñas en ayudarle, si te ha quitado el puesto.

—Fue don Ricardo el que me la jugó y es a don Ricardo al que quiero cazar. Alberto, en esa bolsa tengo ropa de mi abuelo. Disfrazado de señor mayor podrás pasar desapercibido.

Pedro protestó repitiendo el peligro que corrían si Rufo se enteraba de que me estaban ayudando, pero no le escuchamos. Diana, sonriendo, me dio una gorra, una chaqueta marrón descosida y unas gafas de sol. Cuando me las puse, recordé que había perdido las mías. Diana también traía un bastón-estoque antiguo muy ancho del que, cuando se abría por el mango en forma de león con la boca abierta, salía una daga. Diana no sabía por qué contenía esa pequeña espada. Así lo había diseñado su tatarabuelo y, aunque el bastón había pasado de generación en generación, el motivo del arma se había perdido en algún eslabón.

Ante la insistencia de Pedro, salimos hacia el ascensor, yo

con el bastón-estoque en la mano derecha y el brazo izquierdo rodeado por el brazo de Diana. Tuvimos que estrujarnos en el ascensor, porque una planta más abajo entró una señora emperejilada con un enorme fular rosa que rodeaba su cuello como una voraz serpiente. Al moverme, rocé el pequeño pecho de Diana y solté el brazo con un movimiento brusco. Diana colocó otra vez el brazo: «Vamos, abuelo, agárrese fuerte, que se va a caer». Pese a que la gorra me producía fuertes picores, no quise rascarme para evitar movimientos.

Caminamos en silencio y salimos del hospital entre la maraña de periodistas que fumaban y hablaban en voz alta sin que nadie se percatara de nuestra presencia. Me estremecí porque el mayordomo de la cena en casa de Rufo estaba dentro de un coche negro aparcado enfrente del hospital, y anduve el resto del camino hasta el coche de Diana con las manos temblorosas.

—Lo he visto, estaba ahí. Es el mayordomo de la casa de Ricardo —grité cuando entramos en el coche.

—¿Estás seguro? —preguntó Diana.

—Debe de ser la persona que me dijo Pablo Pena que era peligrosa. Un sicario que ha contratado Ricardo para asesinarme.

—¿Un sicario? Te habrás equivocado. Has perdido tus gafas y todavía llevas las del abuelo de Diana —dijo Pedro.

Sin poder refutar ese argumento, no crucé palabra hasta entrar en casa de Pedro. Desde fuera, la casa parecía un pequeño chalé, fuera de lugar con sus vecinos del barrio de Somosaguas. Sin embargo, como por arte de magia, el interior de la casa triplicaba el tamaño que había imaginado. El gigantesco salón de más de cien metros cuadrados contenía un comedor, una recepción con dos sofás tapizados y una chimenea que, pese a ser más pequeña que la de Rufo, me gustó más. Encajaban mejor tanto la leñera como el cesto con troncos, el portautensilios, el juego de morillos y hasta el salvachispas, más sencillo que el de Rufo. Agarré el atizador para remover las cenizas que quedaban en el suelo.

—Ricardo me golpeó y después incendió el Windsor, pero

antes se llevó la carpeta roja. Es decir, tiene los papeles con los que le podríamos haber incriminado.

Pedro se acercó rumiando, me quitó el atizador de las manos y lo colocó en el portautensilios.

—La carpeta roja la tiene don Ricardo, no hay nada que hacer.

—Puede ser, pero no podemos quedarnos de brazos cruzados —dijo Diana—, tenemos que hablar con don Luis. Es la mejor manera de atrapar a don Ricardo. Podemos aprovechar la Junta General de Accionistas que se celebrará en unas semanas para ir los tres a verlo. Hablaré con el *powerpointinero*, nos puede ayudar a entrar sin ser vistos.

—¿Sin ser vistos? Perdona, Diana, pero ¿por qué ahora quieres que vayamos los tres? Tú estás de acuerdo con Alberto, pues vete con él, hacéis tan buena pareja... Y no estás escuchando, don Ricardo tiene la carpeta roja y sin los papeles que hay dentro, no podéis hacer nada.

—Cálmate, por favor, Diana tiene razón. Tengo una idea para la Junta General. Es una posibilidad que...

—¿Qué posibilidad? —cortó Pedro—. No te metas en nuestra conversación, esto es entre ella y yo. ¿Entiendes? Entre ella y yo.

—Por favor Pedro, vamos a escuchar lo que quiere decir Alberto.

Pedro, como un niño enfadado que no quiere continuar un juego que está perdiendo, se dio la vuelta para encerrarse, de un portazo, en su cuarto, tal como lo había hecho Sol algunas semanas atrás, el día de nuestra pelea. Diana estuvo con él en su cuarto más de una hora y salió cabizbaja. «No podemos hacer nada cuando se enfada».

Durante la cena, sentí que Pedro entreabría la puerta para poder espiarnos, pero cuando nos encaminamos al sofá frente a la chimenea, la puerta estaba cerrada. Sin saber por qué, confesé que siempre había querido tener una chimenea en mi casa.

—Seguro que lo consigues, pero tienes que hacerlo con esfuerzo, no con dinero fácil.

—Has hablado igual que Sol.

—¿Sol es... tu novia?

—No, no. Sol es mi hija —contesté con una leve sonrisa.

—¡Qué susto! Quiero decir, no, que me he equivocado.

Diana tapó su sonrisa con una mano. Estuvimos largo rato en silencio mirando la chimenea, yo imaginaba un gran fuego aunque en ese momento la chimenea sólo albergaba cenizas. Ella movió su cara hacia la puerta cerrada del cuarto de Pedro.

—Alberto, tenemos que ayudar a Pedro. Se portó muy bien conmigo cuando me echaron de Auriv y tenemos mucho en común.

—¿Vosotros estáis...? ¿Habéis estado juntos? —Pregunté y ella negó con la cabeza.

—Pedro tuvo una infancia muy dura y se lo ha guardado dentro durante toda su vida —dijo Diana sin contestar a mi pregunta.

—¿Que tenéis en común? —pregunté, y Diana se quedó en silencio durante varios minutos mirando los troncos apilados y acarició suavemente mis dedos.

—No tenemos hijos, eso es lo que tenemos en común. Pedro lo pasó muy mal con sus padres y tuvo que vivir con sus abuelos hasta que se casó. Años más tarde descubrió que era estéril y eso destruyó su matrimonio. Sé lo que siente, porque yo tampoco he tenido hijos. No he encontrado a la persona con la que quisiera tenerlos —Diana calló y aparecieron lágrimas en sus ojos—. Hace unos años me reía de mi hermana con sus tres hijos, pero ahora no, me siento vacía. Tanto Pedro como yo estamos vacíos. Eso a mí me destroza el corazón y a él también, aunque se empeñe en negarlo. Él asegura que nunca quiso tener hijos, que los dos estamos predestinados a estar juntos. No lo creo. He luchado por hacerlo desaparecer de mi cabeza, pero es una batalla que he perdido. En mi casa guardo un cuarto vacío y antes de abrir la puerta, espero unos segundos con la mano en el pomo y lo imagino lleno de juguetes tirados por el suelo.

Después de varios minutos de silencio, Diana habló sin mirarme.

—Alberto, ¿Por qué crees que te trasladaron a mi equipo?

—No lo sé.

—Estabas en la lista para ser despedido, pero ya te había conocido y luché para que te trasladaran conmigo —alzó unos segundos sus ojos hacia mí y los volvió a bajar

Se quedó observando las cenizas de la chimenea y quise abrazarla. Sin embargo, me mantuve inmóvil y estuvimos, como una estatua, quietos y silenciosos durante mucho tiempo, y yo, tan cerca de ella, no me atreví a besarla.

Las Cenizas Fértiles

CAPITULO 11

Esa noche dormimos en cuartos separados; a las tres de la mañana, me despertaron unos aullidos. Agachado, saqué la cabeza por la puerta entreabierta y un temblor recorrió mi cuerpo. Pedro estaba sentado en una silla con las manos atadas al respaldo, los ojos llenos de lágrimas y un hilo de sangre saliendo de su nariz. Miraba hacia arriba con pánico. El mayordomo de la cena en casa de Rufo, ataviado con ojos de fuego y guantes negros, lo amenazaba con el atizador. Lo había colocado cerca de su cara y Pedro la movía hacia atrás, y a la derecha y a la izquierda para evitarlo.

Quise salir a defender a Pedro, pero estaba paralizado de terror. Los dientes chasqueaban a pesar de que mi mano temblorosa tapaba mis labios. Rufo, que observaba la escena, atento, tocó el brazo del torturador y éste dejó el instrumento en el suelo después de limpiarlo con sus guantes negros, como si estuviera dando un baño de barniz a un taco de billar. Rufo habló con voz aflautada.

—Estoy llegando al límite de mi paciencia. Me has llamado y he venido, así que espero que te portes bien con nosotros. ¿Dónde están escondidos los papeles de la carpeta roja? Y no vuelvas a decir que los tiene Alberto, porque sabemos que es mentira. —Pedro negó con la cabeza y un latigazo sonó en el salón: era una bofetada de la mano peluda del mayordomo. A continuación, agarró a Pedro del cuello de la camiseta y acercó su rostro. Su barba frondosa quedó a unos milímetros de la de Pedro, que rompió a llorar y Rufo volvió a tocar el brazo del mayordomo para apartarlo. Rufo acarició con la mano la sudorosa cara de Pedro—. ¿Quién tiene los papeles? Dime quién los tiene y Ginés no volverá a tocarte.

—*Lolos tetengo* yo, don Ricardo. *Esestán* en el *dedesván*, en un baúl —Rufo ordenó al mayordomo que investigara el desván. Rodeó a Pedro y, con una mano posada en su hombro, comenzó a reírse.

—Menuda la has montado.

—Yo no he hecho nada.

—Incendiaste el Windsor, ¿te parece poco?

—No es verdad, no es verdad. Cogí los papeles, cerré la caja y me fui.

Rufo, que hablaba con los brazos cruzados, calló y miró hacia mí. Me aparté de la puerta. Caminó con lentitud hacia el cuarto. Una parte de mi cuerpo pedía enfrentarme a él, pero de cuclillas, apoyado en la pared, solamente rezaba incoherencias. De pronto, escuché que la puerta se abría. Nos separaban unos pocos centímetros y pude distinguir la silueta de Rufo respirando como un tigre frente a una presa agazapada. Durante los segundos que la puerta permaneció abierta, mi corazón paró de bombear y el aire no pudo entrar en mis pulmones, pero cuando el mayordomo bajó con la carpeta, Rufo olvidó el cuarto y volví a respirar. Rufo, tras leer el contenido de la carpeta roja, mandó al mayordomo desatar a Pedro y le dio un vaso de agua, con una sonrisa, que éste sostuvo con dificultad. Colocó una mano en su hombro y Rufo le dio dos cachetes antes de irse con el mayordomo, riendo ambos como dos borrachos. Aunque escuché el motor del coche desvaneciéndose por el barrio de Somosaguas, mi corazón todavía temblaba.

Desperté a Diana, le conté lo sucedido y entramos en el salón en silencio. Allí estaba Pedro, acurrucado en la silla con las rodillas levantadas y rodeadas por sus brazos. No quiso mirarnos y no contestó a las preguntas que le hacía Diana. Cuando se levantó, vimos sus pantalones húmedos y un gran charco en la silla. Me dirigí a él. «Tenías… Tenías la carpeta roja. Fuiste tú el que me pegó en el Windsor».

Me miró durante largos segundos sin decir una palabra hasta que agarró la cuerda con la que le habían atado y arrastró los pies hacia su cuarto. Busqué la complacencia de Diana, pero ella negó con la cabeza y entró en el cuarto con él. Media hora después salimos hacia mi apartamento porque Pedro no quería estar con nosotros, lo que me alegró, porque eso significaba que Diana y yo podríamos estar juntos sin miedo a que nos espiase. Muy cerca de la casa de Pedro, Diana tuvo que frenar el coche bruscamente para no atropellar a un joven pelirrojo que cruzaba desconcertado la calle. Las pupilas del chico pelirrojo, que tenía las manos en el capó, giraron como la ropa dentro de una lavadora y, después de mirarnos con el alma perdida, emprendió una carrera y se alejó a toda velocidad.

Por la tarde, caminamos hasta la comisaría de Tetuán para relatar el atestado policial a un agente con ojos cansados que parecía que iba a quedarse dormido tecleando, pese a que yo le describía la tortura de Pedro con infinidad de detalles. Sin embargo, escuchar el nombre de Ricardo Rufo fue echarle un balde de agua en la cara.

—¿Cómo dice?

—Ricardo Rufo, el consejero delegado del Grupo Auriv. Estaba acompañado de su *mayor*…

No pude terminar porque el agente, ya despierto, se dirigía hacia uno de los despachos de la comisaría. Pasados varios minutos, salió escoltado por un comisario que nos dijo que, lamentablemente, no podíamos poner esa denuncia y que teníamos que volver al día siguiente. Evitó dar explicaciones y nos pidió que saliéramos de la comisaría. De vuelta en el apartamento, dimos con la respuesta a la extraña actitud del comisario en una noticia de *La Nación* que vimos en mi ordenador.

NOMBRAMIENTOS EN AURIV. *El Grupo Auriv, después del fallecimiento de su consejero delegado, don Pablo Pena, designará, en la Junta General de Accionistas que se celebrará el 13 de junio, a don Ricardo Rufo como nuevo consejero delegado. Don Ricardo Rufo, es el actual director financiero del Grupo Auriv y atesora una dilatada y exitosa carrera en la empresa. Adicionalmente, se ha nombrado a Ginés Pasamonte, actual jefe de la Policía Local de Tetuán, como director de seguridad del Grupo Auriv, con amplias funciones de salvaguarda del bienestar de sus empleados a raíz de lo sucedido con el pasado incendio del edificio Windsor. Las investigaciones policiales continúan y las primeras hipótesis indican que el incendio se originó por una colilla mal apagada en un cenicero.*

Reconocimos en la foto del comisario al torturador de Pedro. Quedamos callados mirando la pantalla, leyendo y releyendo *La Nación* y otros periódicos con el mismo resultado hasta que Diana se tumbó en el sofá haciendo que los muelles rechinaran. Sin embargo, no fue ésta la única mala noticia. Comprobé, con un mal presentimiento, en la página web del Banco de Cabárceno, que el dinero que me habían ingresado por la operación de Metalensa había desaparecido de mi cuenta corriente debido a un cobro realizado desde mi cuenta a Penrrufosa, con lo que la entrada de los gastos del alquiler de la casa en Las Violetas y del Audi A3 habían encarnado mi balance. Froté mis ojos y los acerqué a la pantalla del ordenador.

—Don Ricardo me ha quitado el dinero. ¡Estoy en números rojos!

—Hay que seguir luchando, no podemos echarnos atrás por esto.

—Qué desastre, don Ricardo no va a perder un día en echarme de Auriv. Mañana estaré sin trabajo, no tendré dinero y no podré pagar el coche y la casa. No voy a conseguir otro trabajo porque habré sido despedido por fraude, seré un moroso, estaré en la lista negra de los bancos. Qué desastre, Dios mío.

—Alberto, el mañana se cuidará solo, busca primero la justicia, y todas estas cosas vendrán como complemento. Si demostramos la culpabilidad de don Ricardo, la justicia comprenderá tu posición de morosidad. No te preocupes por el día de mañana, porque ya traerá sus propias preocupaciones, a cada día le bastan sus propios problemas. Hoy tenemos que ser valientes y seguir luchando.

—No podemos denunciar al antiguo jefe de la Policía Local de Tetuán en su propia comisaría.

—Buscaremos otra.

—El resto de comisarías estarán compinchadas. Es demasiado arriesgado.

—Valor, Alberto, sé que eres valiente. —Diana me agarró la mano—. Es normal estar asustado. La valentía no quiere decir que uno no tenga miedo, hay que aceptarlo y vencerlo.

—Tienes razón —dije después de un silencio—. A Sol le gusta repetir una frase parecida que leyó en un libro de Miguel Delibes: «El valor no consiste en no sentir miedo, sino en comérselo».

Diana me apretó la mano con fuerza y pensé que Sol estaría contenta con su padre y que yo podría estar satisfecho de mí mismo. Diana me miraba con los ojos abiertos. Le agarré la mano y sus ojos tiernos y su boca medio abierta me excitaron. Me incliné y junté mi boca a la suya, rozando sus labios, hasta que su boca respondió y sentí la punta de su lengua. Mi mano exploró su cuerpo de manera suave, moviéndose en cámara lenta por su espalda, sus flancos, sus pechos. Levanté su falda y moví la mano alrededor de su trasero, y después alrededor de su vagina. La metí dentro de su ropa interior y toqué su clítoris suavemente con un dedo. Después éste se escurrió dentro. Sentí su vagina húmeda. El dedo exploraba hasta que su   cuerpo   se   endureció y sus manos agarrotaron mis brazos. Diana desabrochó mis pantalones liberando mi sexo. Lo cogió con una mano y lo movió con suavidad. Despacio, mi miembro se deslizó alrededor de sus muslos y en cada respiración progresaba hacia su sexo. Estaba cálido y firme, y los dos palpitábamos con deseo. Mi verga peinó su vagina con suavidad abriéndose paso hasta encontrar su camino. Dentro de ella se movió, primero con lentitud y después acelerando el ritmo hasta que dio un gran salto hacia delante, chorreando la espuma blanca dentro de su cuerpo.

Al día siguiente, cuando Diana estaba delante del ordenador buscando otra comisaría, me ofrecí a comprar el desayuno. Antes de irme, Diana me abrazó y bajé las escaleras como un recién enamorado. A pesar de ello, al salir del portal tuve la sensación de ser espiado y decidí terminar la tarea en el menor tiempo posible. En la cola del supermercado Cicuéndez, una señora mayor hablaba con la cajera mientras levantaba las bolsas con dificultad. Aunque la impaciencia crecía, hablé con voz dulce.

—¿Quiere que le ayude con las bolsas?

—Sí, gracias, hijo, gracias, que no puede una con tanto calor.

La cajera sonrió agradecida y sentí que tanto la impaciencia como el nerviosismo desaparecían. Al salir, caminaba moviendo las bolsas como un niño contento, cuando me di de bruces con la negra barba de Pasamonte, cuyo gran dedo índice indicaba la puerta de un coche negro. Convertido en una liebre a la que el cazador alumbra con un foco antes de pegarle un tiro, entré sumiso en el coche negro. Dentro, con un traje azul de raya diplomática y fumando su boquilla dorada con olor mentolado, Rufo estaba sonriente. «Muy bien, muchacho, un amo de casa en toda regla, así se hace. Vamos a dar una vuelta, que tú y yo tenemos que hablar. ¿No te importa, verdad? Espero que no tengas planes. Ginés, por favor, hacia el Windsor».

Agarrado a las bolsas de la compra, imaginaba que iba a ser torturado por Pasamonte, que echaba rápidas ojeadas desde el retrovisor. En el paseo de la Castellana, adelantamos a un coche de la Policía, pero no me atreví a gritarles ni a hacer señas porque Rufo me miraba fijamente, sin apartar sus ojos, ni siquiera cuando fumaba el cigarrillo mentolado a través de la boquilla dorada. Me sentí ridículo y diminuto. Aparcamos delante de los escombros del edificio Windsor y Rufo colocó una mano en mi rodilla.

—El accidente de Pablo ha sido un duro golpe y no queremos que sigan ocurriendo más desgracias. Le estamos dando mucho trabajo a Ginés, que, aquí donde le ves, quiere escribir sus memorias sobre su trabajo en la Policía y no tiene tiempo. En resumen, tenemos que parar esto. Diana y tú merecéis una vida calmada.

—¿Diana? No entiendo por qué la menciona si hace semanas que no hablo con ella, desde que...

—¿Me tomas por tonto? —Soltó la mano de mi rodilla y gritó como un flautín—. Te hemos visto con ella y los dos queríais presentar una denuncia. No quiero más juegos, ¿Está claro? Debería estar preparando la Junta de mañana y, en vez de eso, tengo que perder el tiempo contigo.

—Sí, sí, don Ricardo —contesté agazapado en el asiento.

—Hay una forma de evitar más accidentes, pero necesito tu colaboración.

—Lo que usted diga, don Ricardo.

—Voy a conseguir que sea el antiguo consejero delegado el que asuma la operación con información privilegiada, si es que al final hay problemas. Como te dije, estos temas en España no le importan a nadie. Vuestras vidas estarán resueltas, seguirás siendo directivo y Diana recibirá una pensión de Auriv. Con Pedro no tendremos problemas, sigue negando que incendiara el Windsor. Le creo, pero si se le ocurre hablar, será el culpable del incendio.

Fui separándome poco a poco de las bolsas cuando Rufo dejó de hablar. Diana me esperaba con el plan que hubiera salvado mi honor, aunque yo también hubiese estado inculpado. Sin embargo, la bella cara de Diana se desvanecía en mi mente y, ante la encrucijada, la traicioné y acepté por segunda vez una oferta de Rufo. Ginés giró su cara y sonrió, dejando ver varios dientes sucios a través de su boscosa barba.

De vuelta en mi apartamento, Diana me abrazó otra vez diciendo que estaba preocupada y que había encontrado varias comisarías adecuadas para la denuncia. Sentados en el sofá, hablaba a trompicones hasta que reparó en que yo tenía la cabeza bajada y no emitía sonido alguno. Besó mis fríos labios y me peinó con suavidad, pero no devolví el beso. Incorporado hacia delante y, mirando al suelo, escupí la conversación con Rufo. Diana, como si yo apestara, retiró su mano y se sentó al otro lado del sofá.

—Creo que es mejor hacerle caso —dije sin mirarla—, es lo más conveniente para los dos.

—¿Conveniente? Creo que no te estás escuchando. Estabas emocionado con tu cambio, tu coraje, y ahora te echas atrás por una amenaza. Tenemos que sobreponernos, nadie dijo que la caza fuera sencilla.

—Don Ricardo está siendo razonable, nos ha planteado una solución.

—Ha torturado a Pedro, te ha engañado, te quería matar y me ha echado de Auriv, y dices tan tranquilo que nos conviene olvidarlo. Tú podrás hacer lo que quieras, pero yo no pienso aceptar su dinero.

—Pedro tenía la carpeta roja con la información de Penrrufosa y fue él quien me golpeó, dejándome tirado en el suelo. No sé si incendió el Windsor, pero yo podría haber muerto por su culpa.

—Pedro se portó como un valiente, tú viste lo que sufrió por no delatarnos.

—A mí me traicionó y no voy a arriesgarme por él.

—Eres un cobarde.

Una cuchillada en el estómago no me podría haber herido más que aquel comentario. Me senté en el sofá, cuyos muelles chirriaron con fuerza, y encendí el televisor, que enseñaba un documental sobre Polonia. Mientras el narrador relataba las diferentes particiones del país en el siglo XVIII, perpetradas por Rusia, Prusia y Austria, que habían ido reduciendo progresivamente el tamaño del país hasta que, después de la última división, el estado de Polonia había dejado de existir, subí el volumen para no escuchar el tremendo portazo de la puerta.

CAPÍTULO 12

Varias semanas después de la Junta General de Accionistas de Auriv, *La Nación* publicó que Pablo Pena había comprado de manera ilícita acciones de Metalensa, aprovechándose de información privilegiada. Aunque la noticia perdió interés mediático a los pocos días, supuso un duro golpe para don Luis. Estaba abrumado por haber tenido que suspender momentáneamente la adquisición de Metalensa después de haberla anunciado, aun cuando la CNMV le había asegurado que, si el balance se limpiaba de las acciones compradas de manera ilegal, Auriv podría continuar con el proceso de compra.

Tras el incendio del edificio Windsor, el Grupo Auriv encontró alojamiento en la cercana Torre Picasso, copando la segunda parte del edificio, desde el piso dieciséis hasta el treinta y ocho, la nueva planta noble, donde ocupaban despacho los directivos y se encontraba la nueva sala del Consejo. El departamento de contabilidad sufrió cambios y Rufo me sustituyó como director de contabilidad por Purificación Menéndez, que había liderado el equipo de contabilidad en Metalensa. Fui nombrado director de estrategia contable, un puesto sin responsabilidad que me permitía recibir un sueldo y tener un despacho con vistas al esqueleto del Windsor, donde estaba escondido de lunes a viernes.

Dejé de interesarme por el trabajo. La jornada comenzaba tarde y finalizaba temprano, y muchos días ni siquiera encendía el ordenador. El bolígrafo Parker que Rufo me regaló se mantuvo intacto en la mesa, en la misma posición en la que lo había dejado desde que entré a ese despacho, apuntando hacia mí, como un dedo acusador. Aburrido, sin ninguna actividad y sin ninguna confianza de ser un modelo para mi hija, prácticamente no salía del despacho y la mayor parte del tiempo la dedicaba a observar los escombros del edificio Windsor. Aunque intentaba convencerme de que había tomado la mejor decisión, sentía que mi honor había sido vendido a cambio de un contrato vitalicio. Rufo encontró mi precio: la cobardía.

Puri, como le gustaba que la llamasen, se ocupaba, con excesivo esmero, de todas las actividades que antes hacía Diana, y sus dos primeras tareas fueron cuadrar el cierre del mes de septiembre y acicalar el balance de las acciones de Metalensa compradas, según había sido publicado, por Pablo Pena, para permitir que su adquisición por Auriv fuera aprobada por la CNMV. Con el objeto de resarcir la operación, los títulos de Metalensa tenían que estar limpios para poder convertirlos en acciones de Auriv.

Un viernes de octubre, Puri entró en mi despacho sin pedir permiso para decirme que iba a subir a la planta treinta y ocho a presentarle a Rufo el cierre del mes de septiembre. Preguntó si quería acompañarla. Asentí embobado porque no me había dado cuenta de que estábamos en época de cierre contable. En el ascensor, ofrecí mi ayuda a Puri, que sostenía con dificultad las carpetas.

—Con todo lo que hemos currado, lo que menos me importa es cargar con ellas.

—¿Habéis tenido mucho trabajo?

—Con la integración de Metalensa, figúrate. Tú no has salido del despacho, pero nos hemos dejado la piel, porque además del cierre teníamos que limpiar las cuentas con el lío de la información privilegiada. Ha sido el doble de curro que un cierre normal, qué digo el doble, el triple de curro.

—¿Se ha podido limpiar el balance? —pregunté, frenando mi rabia por sus comentarios.

—Sí, está limpio. Hemos identificado las acciones que compró el anterior CEO y han sido devueltas a Metalensa. Estoy segura de que don Ricardo estará contento, porque he dejado las cuentas relucientes, sin manchas. —Después de subir varios pisos en silencio, añadió—: Una cosa quiero pedirte, Alberto. Don Ricardo ha solicitado que estés en las presentaciones de los cierres mensuales, pero como he sido yo la que ha currado hasta reventar, te voy a pedir que no hables en la reunión.

Entramos en la nueva sala del Consejo y Marifé avisó que don Ricardo nos atendería en unos minutos. Puri aprovechó para revisar concienzudamente sus informes y yo para examinar la sala, replicada como una copia a carbón de la antigua del Windsor: se había comprado otra mesa de caoba de tamaño parecido, otros sillones de cuero oscuros con placas en el respaldo, otro cuadro de arte moderno similar al anterior, con tonos corridos como si lo hubiesen dejado al aire libre un día de lluvia, y otros macetones que tapaban los ventanales. Además, se había recuperado la caja ignífuga, única superviviente del incendio. Incluso el olor a azufre para proteger las plantas estaba presente. Sin embargo, por imposibilidad de construirla o por olvido, la nueva sala no contenía ninguna chimenea.

Durante la presentación del cierre, mantuve enfadado la promesa de silencio esperando a que Rufo pidiese que participara, pero aunque el saludo fue efusivo, no me preguntó nada. En cambio, estuvo muy inquisitivo con Puri sobre el proceso de saneamiento y limpieza de las acciones de Metalensa, y se mostró satisfecho con el resultado, congratulando a Puri, que estaba extasiada de felicidad.

Esa noche salí tarde para no cruzarme con Puri. Caminaba cabizbajo por la calle Raimundo Fernández Villaverde hacia Cuatro Caminos sin importarme la lluvia. Al girar en una esquina por una calle desierta, guardé por instinto el Rolex

Submariner en el bolsillo. Alguien gritó mi nombre a mis espaldas. Me volví y vi a una persona, vestida con un chubasquero azul con capucha, que caminaba a unos veinte metros. Asustado, comencé a correr hasta el portal de mi apartamento y, al llegar, con las rodillas temblando, intenté varias veces insertar la llave en la cerradura, pero se cayó al suelo. Me agaché y vi cómo el chubasquero se acercaba hacia mí. Cuando conseguí abrir el portal, quedé paralizado, porque estaba muy cerca para huir. Retiró la capucha y reconocí a Diana.

—Tenemos que hablar —dijo, con la lluvia mojando su pelo.

—¿Por qué me sigues? No voy a hacer nada, estoy conforme con mi vida y tú también deberías estarlo. Todo esto nos ha salido muy barato.

Me cogió la mano y la solté para entrar en el portal.

Algunas semanas más tarde, un sábado, antes de salir con Sol a ver una película en los cines Truffaut de Cuatro Caminos, llamó mi exmujer para decir que Palanca estaba en el hospital Ruber Internacional y que, aunque se encontraba bien, estaban asustados. Eva preguntó si Sol podía ir a verle al hospital y acepté, pero cuando comentó que Palanca quería agradecérmelo por teléfono, me negué. Antes de colgar, le dije que con dejar que se fuera antes de tiempo ya era suficiente. Acompañé a mi hija, que, mientras salía del portal, me agarró el brazo. «Espero que no estés enfadado. Compréndelo, al vivir con mamá paso mucho tiempo con Cristóbal».

Se montó en su moto y la seguí con la vista hasta que dobló una esquina. Cuando fui a cerrar el portal, vi a Diana mirándome. Nos quedamos sin movernos hasta que accedí a que subiera a mi apartamento.

Una extraña belleza aparecía en el rostro de Diana, quien, sentada en mi sofá, tenía sus manos juntas como si estuviese rezando. Habíamos comido dos trozos de pizza recalentada y los dos platos yacían vacíos delante de nosotros. Diana posó su mano sobre la mía.

—Quiero que tu hija esté orgullosa de su padre, sabiendo que fue un valiente. Tenemos que demostrar la culpabilidad de don Ricardo, aunque signifique que vayas a la cárcel. Puede que creas que es peor, pero te aseguro que no te arrepentirás, en el futuro estarás contento y satisfecho contigo mismo por haber cazado a este personaje.

Retiré despacio la mano, recogí los dos platos y eché los restos en el cubo de basura debajo de la pila. Diana no me miraba.

—Entonces sí que estará avergonzada, habré pasado un tiempo en la cárcel. Con mi nombre manchado, jamás conseguiré otro trabajo.

—¿Crees que ahora está orgullosa de ti?

—¿A ti que te importa? Déjame tranquilo. ¡Es mi vida! —grité con el puño cerrado, sin mirar a Diana, y arrojé con violencia los platos en la pila. Uno de ellos se rompió en dos pedazos y el otro se mantuvo ridículamente sano—. Es un desastre, pero es mi vida y no te quiero dentro para controlarme.

—¡No es sólo tu vida! Lo que haces también me afecta.

—Por favor, cálmate, y no digas locuras. Si no recuerdo mal, no estamos casados.

—Pero vamos a tener un hijo. —El silencio fue roto por el clamor de los muelles del sofá al echarse Diana hacia delante y cubrir su cara con las palmas de las manos—. Alberto, yo no tengo familia y me gustaría formar una contigo.

Cuando dejé el sofá, di vueltas al apartamento y a mi muñeca para hacer mover el Rolex, pensando que un hijo, otro hijo, me ofrecía la posibilidad de volver a empezar y evitar los errores que había cometido con Sol. Diana miraba hacia el televisor apagado. Posé una mano en su hombro, que ella agarró como si fuera un salvavidas.

Las Cenizas Fértiles

CAPÍTULO 13

A la mañana siguiente, desayunando en Mari-Mer, Diana, en plena tormenta de ideas, analizaba diferentes formas de abrir la caja ignífuga de la sala del Consejo. Mencioné la posibilidad de aprovechar el cierre del mes siguiente, en la siguiente presentación a Rufo, pero Diana me convenció de no esperar más, y acordamos que solicitaría una reunión con Rufo para hablar de mi carrera, para plantearle que quería progresar. Como estaría esperándole dentro de la sala del Consejo, tendría tiempo para abrir la caja y guardar la carpeta roja en un maletín que fuimos a comprar después de haber desayunado.

El lunes subí a la planta noble y Marifé, mientras me acompañaba a la sala, contó que don Ricardo estaba reunido con un nuevo miembro del Consejo de Administración con el que iba a comer fuera de la Torre Picasso. Este nombramiento la tenía muy asombrada. Tendrían que añadir una silla a la sala del Consejo y colocar una placa nueva, algo que no había pasado desde que había entrado a trabajar en Auriv, cuando era una adolescente. «Todos los miembros son familiares o amigos de la infancia de don Luis, o bien sus hijos mayores. Fíjese que ni siquiera don Ricardo es admitido en el Consejo. Nunca pensé que viviría para verlo, señor Achares, un miembro del Consejo que no es un amigo o hijo de un amigo de don Luis. Desde el accidente de don Pablo y el incendio, está todo tan raro…».

Escuché solícito la retahíla de Marifé hasta que tuvo que volver a su sitio porque sonó su teléfono. Cerré las puertas de la sala y corrí hasta la caja ignífuga. Dejé el maletín en la mesa, respiré hondo y la abrí utilizando la contraseña que me había dado Pablo antes de morir: 280669, y la caja se abrió. Tuve un mal presentimiento porque todo estaba resultando demasiado fácil. Mi corazón latía a gran velocidad y mis manos tiritaban, pero cuando saqué el contenido de la caja, el nerviosismo desapareció: dentro sólo había una carpeta de color azul oscuro, con información pública de Lagoena, la empresa embotelladora que el Grupo había comprado en abril y cuyas cuentas había estado revisando ese viernes de mayo cuando subí por primera vez a la sala a dejar a Rufo la carpeta roja con información de Metalensa. Era una trampa, esta información no era secreta. De repente, sin tiempo para poder enfadarme, se abrieron las puertas, metí la carpeta en la caja y la cerré de un golpe.

Rufo entró en la sala junto a Ramón Cerril, presidente de Metalensa, y otra persona vestida con un traje que le apretaba como los guantes de látex de los médicos. Ginés cerraba el grupo. Ramón me abrazó efusivamente moviendo el bigote. Rufo me taladraba con ojos acusadores.

—Menuda noche pasó este cabroncete con Roxy —dijo Ramón— Pepe, escucha, este tío le dio por todos lados a una negra que estaba como un queso. Tenía unas tetas…, ¡Qué tetas!

—Alberto, te presento a José Rubio, nuevo miembro del Consejo de Administración de Auriv —dijo Rufo sin apartar de mi cara sus ojos azules congelados—. Alberto es nuestro director de estrategia contable y ha estado muy ligado a la compañía en los últimos meses, ya te he hablado de él.

—Tenemos que echarnos otra juerga como la de Londres, pero con putas de aquí, hombre, que a las inglesas no se les entiende nada..., coño, Ricardo, ¿Ese cuadro sobrevivió al incendio?

—Es otro cuadro, pero del mismo pintor.

—Zobel tiene características similares que pueden llevar a la confusión, pero cada cuadro es único —sentenció Rubio con tono erudito, tomando aire de su apretado traje.

—Ya, pues para mí son iguales —dijo Ramón.

Rufo indicó a Ginés que escoltara a sus dos compañeros hacia el restaurante y comentó que él iría en unos minutos. Cuando nos quedamos solos, Rufo preguntó la razón de la visita y yo, moviendo mi brazo para que el reloj bajara hasta la muñeca, farfullé lo que había hablado con Diana. Los ojos pálidos de Rufo, casi sin ser azules, eran tan penetrantes que dejé de hablar. Extrajo la boquilla dorada y, mientras insertaba un cigarrillo mentolado, dijo que esperaba que no hiciera ninguna tontería. «No queremos más accidentes». Bajé los ojos como un niño que debe confesar una travesura. Salí cabizbajo de la sala, pero Rufo habló desde dentro. «Te dejas el maletín».

Esa tarde, Diana, sentada en el sofá con las manos entre las mías, pidió que le relatase otra vez lo que recordaba contenido de la carpeta roja. Dejé las gafas en la mesa de cristal y repetí lo que había visto: las escrituras de Penrrufosa, los comprobantes de los derivados financieros sobre el precio del oro con el aval de Auriv, y el detalle de la oficina del Banco de Cabárceno de la calle Capitán Haya de la caja. Diana caviló en silencio durante algunos minutos y se movió antes de hablar, haciendo crujir los muelles del sofá.

—Hay que adivinar cuanto antes dónde ha guardado don Ricardo esos papeles.

—¿Por qué?—Pregunté.

—Eres el único que ha visto pruebas que le podrían llevar a la cárcel.

—Sí, y seguro que con la ayuda de Palanca lo podrían disfrazar de accidente y sacar alguna noticia llamativa al día siguiente para desviar la atención. Tenemos que adelantarnos— Después de unos segundos pregunté asustado— ¿Crees que los ha destruido?

—No. Tiene los resguardos que le permitirán cobrar el dinero de los derivados. Si los destruye, habrá perdido todo su dinero y seguro que Penrrufosa todavía tiene deudas. Es decir, necesita un escondite, ¿En su casa? —Después de unos segundos se contestó a si misma—. No, eso sería un suicidio, la Policía podría encontrarlos fácilmente.

De repente, se me ocurrió una idea.

—¡La oficina de Capitán Haya! Sí, por eso la carpeta roja tenía los datos de la oficina del Banco de Cabárceno de la calle Capitán Haya. Es ahí donde va a guardar los papeles. Tiene sentido que don Ricardo la haya elegido. Está muy cerca del Windsor, pero fuera del edificio, y como es una oficina sin transacciones monetarias, no tiene peligro de robo. Mis primeros cinco años de trabajo fueron en esa oficina, codo con codo con Ada. ¿Recuerdas que te dije que no entendía por qué estaba descrita con tanto detalle en la carpeta?

—¿En una oficina bancaria? Eso sería una locura, Alberto, no tiene sentido, es demasiado peligroso para don Ricardo.

—Al revés, no tiene ningún peligro porque Ada nunca abrirá la caja de seguridad si don Ricardo lo prohíbe. Además, al ser una oficina sin dinero físico, nadie va a entrar a robar.

—¿Quién es Ada?

—Adalbert Stifter, el director de la oficina. Nació en España, pero su familia es de origen austríaco. Los clientes le llamaban Ada para no confundirse.

La memoria trajo recuerdos que quería tener escondidos. Tanto Ada como yo sufríamos por los celos hacia nuestras novias y, cuando los clientes escaseaban, nos juntábamos en una de las mesas para comentar los miedos comunes, las sospechas sobre infidelidades con amigos o compañeros de trabajo. Casualmente nos habíamos casado el mismo día y, aunque los dos habíamos creído que nuestras inquietudes se desvanecerían tras la boda, los celos se reanudaron semanas después del viaje de novios. El vigor de los celos era aún mayor por estar casados.

—¿Cómo es la oficina?

—Pásame eso, por favor —Pinté el mapa de la oficina en un bloc de notas—. Ésta era mi mesa, que ahora está vacía porque el Grupo Auriv no quiso reemplazarme por la nueva estrategia de eficiencia en costes. Ésta es la mesa de Ada, donde está la caja de seguridad. Podríamos entrar con cualquier excusa y después amenazarle con un cuchillo para que abra la caja.

Quedé mirando el mapa que se transformó, en mi cabeza, en la oficina en tamaño real. Ada y yo intercambiábamos fotografías de nuestras recientes esposas para que pudieran ser cazadas en adulterio sin percatarse, ya que ellas no nos conocían y, por tanto, podíamos espiarlas sin problemas. Escribimos dos cartas, Ada hizo una para su mujer y yo, una para Eva. En nuestras investigaciones vespertinas cada uno portaba la carta de la esposa del otro, junto con una fotografía para reconocerla.

—No podremos pasar el arco de seguridad con un cuchillo —dijo Diana.

—Recuerda que es una oficina de ventas, no se pueden hacer transacciones monetarias, así que no hay arco de seguridad. Aunque no hay peligro porque la oficina no tiene mecanismos de seguridad, tienes razón, el cuchillo es demasiado vistoso.

Diana se rio, pero yo estaba serio, porque recordaba cómo dedicaba varias horas de la tarde a vagar por Madrid portando la fotografía de la mujer de Ada con la esperanza de encontrarla en brazos de otro hombre y entregarle la carta de su marido condenándola por su villanía. Sin embargo, en esas búsquedas, era Eva la que aparecía en mi mente cometiendo las felonías. Cuando volvía a casa, contestaba con un gruñido a las preguntas de Eva. «Si por lo menos vinieras borracho, pero es que no hueles a alcohol», me recriminaba al principio, hasta que acabó por cansarse y dejó de interesarse por mis desapariciones, lo que aumentó mis desconfianzas.

—Podríamos usar el bastón-estoque de mi abuelo, que tiene una daga. Lo sacaremos dentro de la oficina para amedrentar a Ada.

—En casa podemos escanear los papeles y mandarlos a la prensa extranjera. Como Palanca estará metido en el asunto, no podremos contactar con medios nacionales.

—La prensa extranjera no va a hacer caso y si intentamos culpar a Cristóbal Palanca, nadie se lo creerá —dijo Diana.

—La culpa de mi situación la tiene Palanca. Quiero acabar con él.

—Paso a paso —dijo Diana respirando hondo—. Primero vamos a conseguir los papeles. Todavía tengo la gorra y las gafas de sol de mi abuelo.

Al día siguiente, Ada nos dejó entrar en la oficina del Banco de Cabárceno de la calle Capitán Haya, observando mi cara con interés. Pensé que me había reconocido pese a mis gafas de sol, pero actuó como si fuéramos posibles clientes y nos invitó a sentarnos. La oficina había cambiado poco desde que yo había trabajado allí hacía más de veinte años. Incluso seguía teniendo los bolígrafos Bic, como los que destrozábamos comiéndolos con tanta fuerza que los explotábamos, volviendo a casa con los labios azules de tinta. Diana preguntó a Ada sobre posibilidades de ahorro e inversión.

—Dentro del Banco de Cabárceno existen numerosas oportunidades, es probable que tengamos unos trescientos tipos de depósitos diferentes para elegir. En cuanto a fondos de inversión, la cifra es extensísima, cientos de miles.

—Me interesaría un depósito.

—Estupendo, este folleto tiene las principales opciones. Tenemos a la vista, a plazo, con ventajas fiscales, de interés variable, estructurados, asociados a índices…

Yo no escuchaba, movía nervioso el bastón-estoque, girándolo como una peonza. Gotas de sudor caían desde mi cabeza, protegida por la gorra del abuelo de Diana hasta el cuello. Tenía picores en todo el cuerpo y no podía evitar rascarme, y las gafas de sol se escurrían constantemente y tenía que utilizar la otra mano para colocarlas. Repetía para mí mismo que el plan era perfecto y que conseguiríamos inculpar a Rufo, y sobre todo a Palanca, pero el bastón seguía girando cada vez más rápido.

Diana, inmersa en su papel, continuaba con sus preguntas, ya que el plan era esperar hasta que Ada se levantase para buscar información adicional y en ese momento amenazarlo con la daga. El plan no funcionó de esa manera.

El bastón giró con demasiada velocidad y cayó al suelo. Los tres quedamos en silencio; ellos mirándome como si hubiera gritado durante un funeral. Cuando me agaché, las gafas de sol resbalaron sobre la nariz y cayeron al suelo. Ada me reconoció y se levantó inmediatamente de la silla.

—Alberto... Alberto Achares... ¿Qué haces aquí?

—Cálmate, Ada. Don Ricardo ha dejado un sobre en la caja fuerte. Necesitamos ese sobre.

—¿Qué dices? Estás loco, Alberto. ¿De qué estás hablando?

—Abre la caja, Ada, tengo un cuchillo en este bastón.

—¿Me estás atacando? Después de lo que pasamos juntos..., vienes a atacarme.

Ada apartó la silla, se levantó y se dirigió hacia mí. Mi cuello se enfrió. Intenté sin éxito desenroscar el bastón-estoque. Mis manos sudorosas resbalaban en la madera. Ada me agarró de las solapas y el bastón se escapó de mis manos. En ese momento, Diana colocó una pierna en posición de cuarenta y cinco grados detrás de las piernas de Ada y, con un fuerte empujón, lo tiró al suelo. Con expresión incrédula, Ada pareció dudar unos segundos si se enfrentaba con ella. Antes de que se decidiera, yo ya había sacado la daga del bastón.

—Abre la caja fuerte.

—¿Por qué, Alberto? Te has olvidado de lo que compartimos. Te has…

—¡Cállate! Abre la caja fuerte de una vez si no quieres que te haga daño.

Ada bajó los ojos, se dirigió a la caja de seguridad e insertó una clave de seis dígitos que hizo que se abriera con un leve movimiento. Agarré una carpeta roja, único contenido de la caja, mientras Ada, acurrucado con la espalda en la pared de la oficina, se tapaba las manos y repetía «Alberto, Alberto». Antes de salir, escuchamos unos leves sollozos.

Las Cenizas Fértiles

CAPÍTULO 14

Sentados en mi sofá, Diana y yo observamos con detenimiento los papeles de la carpeta roja que había descubierto en el Windsor antes de caer desmayado. Seguían estando los comprobantes de los derivados financieros sobre el precio del oro, avalados por Auriv, y las pérdidas de Penrrufosa resultantes de la caída del valor del oro.

—El precio del oro no ha parado de caer en los últimos meses y Penrrufosa había apostado que el precio subiría. En vez de hacer arbitraje, cubriendo las pérdidas con otros derivados, don Ricardo y don Pablo pusieron todos los huevos en la misma cesta —dijo Diana.

—¿Qué hubiera pasado cuando se cumpliese el plazo de los futuros?

—Auriv era avalista de esa operación y no tenía liquidez suficiente para asumir ese golpe. El Grupo habría quebrado. Algo parecido le sucedió a un banco inglés de más de trescientos años de historia, que desapareció en pocas horas por culpa de un trader que invirtió en derivados financieros. Era el banco que facilitó la venta del Estado de Luisiana por Napoleón a Estados Unidos, y una sola persona lo destrozó.

—Por eso hicieron la operación de Metalensa. Pero no tiene sentido; lo que ganaron no era suficiente para cubrir los futuros.

—Pero esto sí —contestó ella alzando unos papeles que no había leído en el Windsor—. Además de las compras directas, falsificaron firmas para comprar calls sobre Metalensa.

—¿Calls?

—Son opciones de compra sobre Metalensa. Una opción call te da el derecho a comprar unas acciones a un precio fijo durante un periodo de tiempo. Don Ricardo y don Pablo compraron calls de Metalensa sabiendo que el precio iba a subir después de anunciar la adquisición por Auriv. Eso les permitió ganar mucho dinero al instante, porque compraron a un precio y vendieron enseguida a uno mayor. Así compensaron las pérdidas de los derivados sobre el precio del oro sin que don Luis se enterase.

—Puri no encontró estas opciones, yo estaba en la presentación que hizo a don Ricardo.

—Tienes suerte de que no las encontrase, porque son tuyas —Me tendió los papeles.

—¡Esta firma no es mía! Ha falsificado nuestras firmas —Mi nombre estaba al lado de comprobantes de una call, acompañado por una firma que yo no había hecho. El nombre de Pedro López estaba en otra call, y así sucesivamente, intercalando los nombres con cantidades entre cien y ciento cincuenta mil euros, siempre números diferentes y escoltados por sus respectivas firmas. Penrrufosa era la depositaria de las acciones.

—Esto es suficiente para cazar a don Ricardo.

—¿Qué hacemos? Me niego a compartirlo con la prensa española. Aunque no hayamos encontrado ninguna prueba contra Palanca, no le quiero dar ese regalo.

—Sabía que ibas a contestar eso. Una buena cazadora siempre está preparada. He averiguado que podemos denunciarlo en un juzgado de guardia, incluso de manera anónima. —Diana paró porque me vio restregando las manos con fuerza—. ¿Te encuentras bien?

—Te confieso que todavía tengo miedo.

—Tranquilo, una vez aceptada la denuncia, don Ricardo no nos atacará.

Presentamos la denuncia en un juzgado de guardia, junto con la carpeta roja. Unos días después, La Nación publicó que yo era el único responsable de la operación de información privilegiada y que estaba intentando implicar a Pedro y a Rufo. Sin embargo, esa misma mañana, todos los implicados, Rufo, Pedro, Ginés y yo, fuimos despedidos por don Luis con nuestras respectivas indemnizaciones, ya que don Luis no se molestó en solicitar despidos improcedentes.

La indemnización por despido me permitió contratar los servicios de un abogado de un pequeño despacho. Me recibió la semana anterior al comienzo del proceso de instrucción del juicio por información privilegiada. Era una oficina heredada de su padre, un reconocido notario de la ciudad, repleta de muebles cenicientos y empleados inmóviles que parecían formar parte del mobiliario. El abogado era un hombre gris. Estaba vestido entero de gris (traje, zapatos y corbata), a excepción de dos diamantes escarlata en su corbata de seda gris, que eran como los rombos que aparecían en la televisión pública cuando los programas no eran adecuados para menores. Relaté la información privilegiada y la tortura de Pedro. Después de escuchar, se mantuvo en silencio y abrió el Código Penal.

—Señor Achares, si lo he entendido correctamente, usted acusa a Ricardo Rufo y a Pedro López de abuso de mercado con información privilegiada en una operación en la que usted participa.

—Sí, estoy dispuesto a inculparme, porque lo merezco.

—Lo comprendo y parece razonable. En la operación de Metalensa, usted obtuvo un beneficio menor a seiscientos mil euros que, según el artículo… ¿Dónde está…? ¡Aquí! Según el artículo 285 del Código Penal, no conlleva pena de prisión, sino solamente una multa que se calcula en función del beneficio obtenido. —El abogado siguió leyendo unos segundos—. Además, acusa a Ricardo Rufo y a Ginés Pasamonte de torturar a Pedro López. Las torturas están recogidas en el artículo… Un momento. ¿Recuerda si Gines Pasamonte ya había dejado la Policía?

—En ese momento era jefe de la Policía Local de Tetuán. Fue contratado por Auriv más tarde.

Durante algunos segundos, los músculos de su aburrida cara se movieron y corrió a revolver el Código Penal.

—Entonces es un artículo distinto. ¿Dónde estará? Mírelo, aquí lo veo y son dos artículos y no uno. En verdad, el Derecho es apasionante. Los artículos 174 y 175 se refieren a torturas practicadas por funcionarios públicos, que vienen al caso por la condición de Ginés Pasamonte.

El abogado sujetaba con fuerza el texto, con sus ojos fijos en los artículos. Parecía que se había transformado en una estatua de sal hasta que lo bajó y me comunicó que presentaría las alegaciones de acuerdo con los puntos discutidos.

Los procesos de instrucción de los dos juicios comenzaron a las pocas semanas, y La Nación relató con detalle las torturas a Pedro por parte de un funcionario público, y el abuso de mercado, incluyendo la falsificación de firmas por parte de Rufo. Durante los dos procesos, Diana y yo nos mantuvimos juntos sin separar nuestras manos, salvo cuando teníamos que testificar. Yo lo hice primero, relatando al juez de instrucción que Ginés había pegado a Pedro, y que Rufo lo había amenazado, y que lo había visto desde el cuarto. Después, tanto Ginés como Rufo lo negaron, y finalmente, Pedro relató, entre lágrimas, su experiencia. Cuando Pedro terminó su declaración y caminaba hacia nosotros, vio nuestras manos entrelazadas y su compungida cara tornó hacia la rabia. Sus ojos se inyectaron de sangre, giró rápido su cuerpo y salió sin mirar atrás.

Esa noche, en mi apartamento recibí la llamada de Sol, quien, con voz temblorosa, me preguntó si era verdad que estaba involucrado en la muerte de Pablo Pena.

—¿Cómo dices? Eso es mentira. ¿Quién te ha contado eso?

—Lo van a publicar mañana en La Nación.

Estuve a punto de romper el teléfono móvil y, sin despedirme de Diana, que preguntaba qué pasaba, agarré las llaves de su coche y me dirigí a la casa de Palanca. Durante el camino, comenzó a soplar un aire muy fuerte, cuyo rumor desvanecía el sonido del motor, y tuve que conducir con el volante girado para que el coche no se saliera de la carretera.

En el palacete de Palanca, un mayordomo me condujo al armero, un cuarto escondido, repleto de escopetas y rifles, además de sables antiguos. También había una mesa con vasos, hielera y diversas botellas de whisky de malta escocés y de Johnnie Walker con etiquetas de diferentes colores (roja, negra, dorada y azul). Una pequeña y estrecha ventana abierta dejaba entrar el viento, que emitía un sonido violento. Palanca accedió al armero vestido con una Teba de color azul oscuro.

—Señor Achares, lo recibo exclusivamente porque Sol lo ha solicitado. Tengo un tiempo limitado. Dígame cuál es la razón de su visita.

—Se lo digo muy claro, Palanca, quiero que no publique mentiras mañana.

—Existen numerosos indicios…

—¿De qué indicios habla?

—Le ruego que no interrumpa. La situación es por sí misma desagradable. Usted ha cometido un delito a través de información privilegiada, supongo que esto no lo negará y…

—¡Claro que no lo niego! Fui yo quien puso la denuncia.

—Y, como tal, su palabra queda en entredicho —continuó Palanca sin inmutarse por mi interrupción—. De este modo y ya que, repito, existen indicios de su posible participación en el accidente de Pablo Pena, es mi deber publicarlo. Existe la posibilidad de que usted hiciera algo al coche para que Pablo tuviera un accidente. Recuerdo que los dos se fueron al mismo tiempo de la cena en casa de Ricardo.

—¡Eso es una estupidez! Lo ha confabulado con don Ricardo, están intentando cargarme con toda la culpa. Es don Ricardo el que le dicta los titulares.

—¡Qué disparate! La Nación y el resto de mi mundo mediático son independientes en todo su ser. De hecho, yo soy uno de los máximos representantes de la libertad de prensa en España.

—Entonces no se ha leído las pruebas que entregué en el

juzgado de guardia. ¿No ha visto los derivados financieros sobre el oro ni los comprobantes de las calls con firmas falsificadas?

Palanca, sin mirarme, se movió hacia la mesa para servirse hielos y whisky de malta en un vaso de cristal. Removió su contenido, pero el ruido del viento era tan fuerte que no se escuchaban los choques de los hielos con el cristal. Palanca bebió el whisky y después de servirse otro me ofreció un vaso. Agarró una botella de Johnnie Walker etiqueta azul, aunque después cogió la botella con etiqueta roja murmurando que yo no notaría la diferencia. Decidí no contestar al insulto.

—Mire, Palanca, no lo voy a repetir: le ordeno que cambie la noticia de mañana —dije después de beber el vaso de un trago y dejarlo en la mesa.

—La capacidad de mando en su caso es inexistente. Es un don nadie. ¿Cuánta gente tiene a su cargo? Lleva años haciendo lo mismo y así seguirá hasta que se retire.

—Prefiero mantener mi integridad que ser un corrupto.

—¿Usted íntegro? Usted, que ha cometido un delito me acusa a mí de corrupto. Además de ladrón, es usted tonto.

Me había dejado sin palabras, estaba enfadado por haberme tendido yo mismo una trampa. Palanca abrió la ventana y el enérgico viento aprovechó para aumentar su potencia. Levanté mi puño hacia él, pero quedé parado a mitad de camino. Palanca se rio e hizo un gesto burlón con su whisky de malta.

—No me insulte —dije jadeando.

Palanca se dio la vuelta, dejó el vaso en la mesa y se acercó hacia la pared donde estaban los sables colgados en horizontal, a la altura de su entrepierna. Una fuente de poder comenzó a crecer en mi cuerpo a la vez que el viento crecía en intensidad.

—No toleraré insultos de un corrupto.

Palanca acarició uno de los sables y respiró con profundidad, sin contestar.

—El nombre de Palanca es sinónimo de corrupción, y la honradez esconde su cabeza cuando usted aparece.

Agarró el sable y giró su cuerpo amenazándome con él.

Gemí y perdí el aliento.

—¡Está loco! Guarde eso ahora mismo.

Sonrió y guardó el sable. Su risilla se convirtió en un bufido burlón.

—Es usted un pusilánime, ni siquiera tiene valor para pelear. Da pena, solamente lo he recibido porque lo ha pedido Sol. Tenía que haberle dejado en la calle como un perro.

Grité por encima del viento casi sin respiración.

—No hable de mi hija, ni siquiera la mencione. ¡No pronuncie su nombre! Voy a denunciarlo, conseguiré que prohíban que esté con usted. Algo habrá hecho a su hija para que no le vuelva a hablar. —La burla murió y Palanca quedó en silencio—. Tiene que cambiar la noticia.

—¿Tengo? ¿Quién lo dice?

Mi cuerpo se endureció.

—¡Lo digo yo! Son mi vida y la de Sol las que está destrozando, y no tiene derecho, yo soy su padre. —La sangre fluía en sus mejillas y sus ojos miraban con fuerza—. Ya no podrá estar con ella porque es un corrupto. Lo denunciaré y acabará en la cárcel.

—Dígalo otra vez.

—Corrupto —Palanca se precipitó hacia mí y lanzó un golpe hacia mi cara. Pude adivinar su intención porque capté la postura a tiempo y moví el cuerpo fuera de su alcance. Estábamos muy cerca el uno del otro, respirando con fuerza, mirándonos con rabia—. Dejó de ver a su hija y ya no volverá a ver a Sol.

Palanca se inclinó hacia delante y golpeó mi estómago con todas sus fuerzas. El golpe me dividió en dos y caí de rodillas con dificultades para respirar. Volvió a emitir su risilla nerviosa. Me levanté y quedamos cerca, aunque demasiado lejos para pelear.

Recordé por qué había ido. Relajé mis músculos de pelea y alcé mi cuerpo, que estaba encorvado como un boxeador. Palanca se mantenía inmóvil con sus mejillas enrojecidas. El viento era cada vez más intenso.

—Me da igual su vida, sólo quiero que cambie la noticia y

no publique mentiras. Yo no tuve nada que ver con el accidente de don Pablo.

Palanca volvió a emitir una risilla nerviosa y mi mente flaqueó. Pasé la mano por mi cara secándome el sudor tratando de recordar que más quería decirle.

—Y no quiero que le diga mentiras a Sol.

La risa desapareció y Palanca gritó furioso.

—Sol no se merece un padre despreciable, un cobarde.

Una rabia desconocida recorrió mi cuerpo y mi voz se agrietó.

—Si lo repite, se va a arrepentir, se lo aseguro.

—Lo diré cuantas veces quiera. Es usted un cobarde.

Una racha de viento huracanado se coló por el ventanuco y salté hacia Palanca con todas mis fuerzas, pero él agarró mis brazos antes de que le tocase y me inmovilizó. No podía permitir estar impotente frente a Palanca. Bajé la cabeza con rapidez y le golpeé en la cara. Palanca gruñó y se llevó las manos al rostro. Un pequeño arroyo de sangre fluía de su nariz. Al verla, empalideció.

Tambaleé hasta la pared mareado por el golpe y tiré el sable con el cual Palanca me había amenazado. Lo recogí, pero cayó de nuevo al suelo al darme la vuelta y ver que Palanca me apuntaba con una escopeta a la altura de su cintura, como si fuera un miembro más de su cuerpo. Estaba trastornado, enfurecido, completamente fuera de sí. Alzó el arma hasta su cara y apuntó hacia mi pecho. Quise pedirle que no disparase, quise decirle que no volvería a insultarle, quise pedirle perdón…, pero no pude. Imaginé a Sol llorando en mi funeral y al hijo de Diana, ¡mi hijo!, que años después preguntaría cómo era su padre. Pese a que el cuerpo de Palanca temblaba, la escopeta se mantenía inmóvil como si estuviera sostenida por un trípode. Un golpe de viento cerró la ventana y Palanca giró su cabeza. Entonces, alguien que no conocía dentro de mí hizo que agarrase los cañones de la escopeta bajándolos para que apuntasen al suelo, y en ese momento salió un tiro cuyo retumbe pareció destruir las paredes. Los perdigones envueltos en una nube furiosa partieron el sable que yo había tirado al suelo.

El armero se llenó de olor a pólvora. Palanca soltó la escopeta y caminó en silencio hacia donde se encontraban los trozos del destrozado sable. Recogió uno de los pedazos y en ese momento Sol y Eva entraron en el armero con las caras blancas. Sol corrió hacía mí y me abrazó mientras Palanca no apartaba sus ojos de nosotros. «¿Estás bien? ¿Qué ha pasado?», preguntó Sol.

La abracé calmándola. Palanca se acercó a nosotros, pero enseguida cambió el rumbo para dirigirse a la puerta, donde se dio de bruces con el mayordomo, al que apartó sin contestarle cuando preguntó si tenía que llamar a la policía. Eva y el mayordomo, después de colocar la escopeta en uno de los armarios salieron tras él. Sol y yo nos dirigimos hacia uno de los salones. Ella, sin soltar mis manos, volvió a preguntar qué había pasado. Le conté la pelea y Sol se mordió los labios.

Quedamos en silencio y cambié de tema para contarle la nueva situación de Diana. Pensé que se enfadaría, que estaría celosa, pero al contrario, se alegró mucho de tener un hermano. Los dos hablamos sobre su posible nombre y discutimos si mi apartamento era un lugar adecuado para cuidar al bebé. Aunque seguíamos en casa de Palanca y hacia menos de una hora del disparo, parecía que nada había pasado y que era un día perfectamente normal, como si estuviéramos desayunando en Mari-Mer y charlando sobre nuestra vida.Algunas horas después, Eva entró al salón, pidió a Sol que la acompañase y me comunicó que Palanca había decidido no llamar a la policía. De vuelta en mi apartamento, cuando le relaté a Diana lo sucedido, ella dijo que la situación iba a mejorar. Aunque no estaba de acuerdo, no quise discutir. Sin embargo, La Nación cambió el titular del día siguiente sin mencionar el posible asesinato de Pablo Pena.

Unos días más tarde, Sol llamó para pedirme que fuera a casa de Palanca. Al llegar a su palacete, Sol dijo que parecía arrepentido, aunque no se había hablado del tema esos días, y me acompañó a su despacho. Palanca, sentado en el suelo, rompía papeles y los echaba al fuego. Al acercarme a la chimenea, comprobé que los papeles eran fotos antiguas en las que se le veía a él más joven junto a una chica de pelo negro y ojos serios. Me senté en el suelo, y los dos contemplamos el fuego. Las fotos estaban junto a troncos encendidos, pero todavía no habían entrado en combustión. La chimenea mostraba un raro aspecto con caras serias sin arder entre las brasas.

—Sol me ha dicho que quería verme.

Tardó en contestar y, cuando lo hizo, no me miró.

—Desapareció el día que cumplió dieciocho años, sin despedirse y sin explicar por qué se iba.

Palanca removió los restos de las fotos con el atizador, acercándolos al fuego, y éstos ardían lentamente.

—¿Se habían peleado? A veces pasa con los hijos.

—Con Sol es imposible pelearse.

—No lo crea, es normal cuando eres padre y hay que educar.

—Es innecesario que repita que no soy su padre.

Continuamos en silencio contemplando el fuego. Las piernas me dolían por tener la misma postura y me levanté. Debajo de mí había una foto, la única en la que la hija de Palanca aparecía sonriendo. Estaban los dos en un barco y su pelo estaba ladeado hacia atrás, quedando en paralelo al mar. Le ofrecí la foto y Palanca, después de mirarla con detenimiento, la partió en dos y la echó al fuego. Tras varios minutos en silencio, le pregunté si había sabido algo de su hija.

—Contraté a un detective privado. Estaba viviendo en una casa abandonada en Barcelona con unos okupas. Al verme en la calle, bajó con sus amigos y, antes de que yo pronunciase palabra alguna, escupió en mi cara y dijo que la próxima vez me mataría. —Palanca removió con fuerza los restos de la foto utilizando el atizador para pincharlas y acercarlas a las brasas—. No he sabido nada desde entonces, ni siquiera sé si tengo nietos. Sofía ha desaparecido, estas fotos eran su último recuerdo.

—¿No volvió a intentar hablar con ella? —pregunté después de un silencio y sin mirarle.

—Eva y yo nos conocimos a los pocos meses de este suceso y Sol representaba mi segunda oportunidad. Eso es lo que más me gustó de Sol, poder redimirme, compensar mis errores con Sofía. A Sol le gusta mucho leer y por eso hablo con un vocabulario complejo, para impresionarla, para que esté orgullosa de mí. Pero tú has estado en el medio, estropeándolo todo. Me molestaba observar cómo te quiere, cómo te respeta. No podía aguantar tu relación con Sol.

—¿Me tenía envidia? —Pregunté sorprendido.

Palanca se mantuvo en silencio hasta que subió la cabeza y me miró. Una negrura en su rostro lo había envejecido diez años.

—Vete, Alberto. Quiero que este tema no vuelva a mencionarse, nunca. No hemos publicado la historia de tu complicidad en el accidente de Pablo y tampoco publicaremos otros temas que nos están pidiendo, pero no quiero que volvamos a mencionar este asunto. No ha pasado nada entre nosotros.

Caminé despacio hacia la puerta, pero hablé antes de salir.

—Palanca… Cristóbal, yo también quiero pedirte perdón. Siento haberte golpeado y también siento haberte insultado por teléfono en Las Violetas y en casa de don Ricardo. Te confieso que yo también tenía envidia de tu relación con Sol.

Palanca no contestó y siguió removiendo lo poco que quedaba de las fotos de su hija. Al día siguiente, La Nación publicó que existía la posibilidad de que tanto Rufo como Pedro pudieran estar implicados en la operación de información privilegiada.

Tras cerrarse los procesos de instrucción, los casos perdieron interés, tanto por el paso del tiempo como porque se había demostrado que la causa del incendio del edificio Windsor había sido un accidente y que nuestros asuntos no estaban relacionados. Varias semanas después, un domingo en el que esperaba la visita de Sol para desayunar y Diana estaba todavía dormida, sonó el timbre muy temprano, todavía de noche. Al abrir la puerta, un estremecimiento recorrió mi cuerpo y quedé paralizado de terror. Rufo, sonriente, entró con aplomo girando su cabeza para auditar el apartamento. Durante varios segundos no vi objeto alguno delante de mí. Cuando recuperé los sentidos, me encontré de pie con la puerta y la boca abiertas. Rufo, sentado en el sofá con las piernas cruzadas, parecía divertirse con la situación.

—Cierra, muchacho, y no te preocupes, Ginés está ocupado en otros asuntos. Siéntate, hay un tema que tenemos que discutir.

—Usted y yo no tenemos nada de qué hablar, y no me dé órdenes.

—Siéntate, por favor, que vengo como amigo—. Me senté y dio dos palmadas en mi rodilla—. Eso es, ahora escúchame. Pedro y tú estáis en el proceso de información privilegiada.

—Las pruebas son concluyentes.

—Sí, por supuesto, has hecho lo correcto y vamos a dejar que la justicia funcione. —Los ojos de Rufo se congelaron y sus pupilas azules se cerraron como si fuera una antigua cámara fotográfica enfocando—. Sin embargo, sigues empeñado en mentir.

—¿Mentir? Yo no he mentido, le repito que las pruebas son concluy…

—No hablo de eso y lo sabes.

Quedamos en silencio y, hasta que pude entenderlo, me sentí la persona más simple del mundo.

—La tortura a Pedro —dije sin apartar mis ojos de los suyos, de un inerte azul pálido.

—Sinceramente, no comprendo por qué Pedro y tú os habéis inventado esta historia. Supongo que lo habéis hecho para distraer la atención, pero tengo que decirte que es muy peligroso. La denuncia falsa es un delito penal.

—Yo…, yo les vi.

—Tienes que hablar con un psiquiatra. No viste nada. Recuerda que vengo como amigo. En el caso de que un juez concluyese que no existieron torturas, serás condenado por denuncia falsa, y eso significa una pena de prisión de seis meses a dos años, aparte de la correspondiente multa.

—Pero no tendría que ir a la cárcel.

—Muy bien, muchacho, has hecho tus deberes. Es verdad, porque no tienes antecedentes penales y la pena es menor a los dos años. Ahora bien, si eres declarado culpable de otro delito penal, aunque solamente sean seis meses, te encerrarán por esos antecedentes penales. En resumen, estás corriendo un alto riesgo innecesario.

—Eso no me preocupa, yo les vi torturando a Pedro y no voy a cometer otro delito penal en mi vida. Es su palabra contra la de Pedro y la mía, no podrán con nosotros —contesté envalentonado.

—Muchacho, cómo has cambiado, todo un valiente. —Rufo se acercó a mi oído para suspirar como una leve brisa—. Si no retiras la acusación por torturas, os denunciaré a ti y a Diana por atraco a una oficina bancaria y eso, sumado a la denuncia falsa, te llevará a prisión. —Retiró su cuerpo y su voz aguda retornó—. No existe impedimento para cambiar tu declaración y ajustarte a la verdad. Analiza bien tu situación, tienes tiempo hasta que comiencen los juicios.

Rufo hizo un rápido movimiento que implicó la protesta de los muelles del sofá y alzó su mano. Después de que se hubiera marchado, yo seguía con la misma postura, de pie con la mano abierta en posición de saludo como una estatua desolada en un parque solitario. Los pensamientos de la cárcel me asaltaron otra vez, sumados a la mancha en mi historial y a la incapacidad de ser un referente para Sol, igual que había sucedido cuando Rufo me ofreció ser socio de Penrrufosa para comprar acciones de Metalensa sabiendo que su precio subiría. En aquel momento, elegí beber del vino de la abundancia, aunque hubiera peligro de ir a la cárcel.

Ahora estaba en una situación similar, aunque con una gran diferencia. La decencia, no sucumbir ante el chantaje, era lo que implicaba peligro de cárcel. Miré hacia el cuarto donde Diana estaba dormida y me acerqué, pero al llegar al pomo fue ella la que abrió la puerta. Le costó muy poco decidir su acción y aceptó sin dudar que siguiéramos adelante con la denuncia por tortura, aunque eso supusiera que nos condenaran por el atraco. Justo después de terminar la frase, colocó una pensativa mano en su barbilla y ésta ayudó a la mandíbula a pronunciar el nombre de Pedro en voz baja. Confieso que no lo había pensado. Su testimonio era vital. «Desde que se enfadó cuando nos vio cogidos de la mano no puedo hablar con él; tiene el móvil apagado, no responde a mis correos electrónicos. El mes pasado fui hasta Somosaguas, ya me conoces, no dejo una pista sin seguir. Aunque escuché algún ruido dentro de su casa, nadie contestó al timbre. Ni siquiera sabemos si sigue en España». Mientras la escuchaba, me di cuenta de que la farola que estaba delante de mi apartamento tenía luz; la habían arreglado. Le dije a Diana que tomaría la decisión después de hablarlo con Sol.

Cuando llegó Sol, fuimos a la terraza de Mari-Mer. Disfrutando de un caluroso día otoñal, hablamos sobre el embarazo de Diana y su elección de carrera. Dudaba entre Derecho, con mayores posibilidades laborales, o Literatura que era lo que le gustaba.

—Siento haber estado tan preocupado por mí mismo. Es la primera vez que hablamos sobre lo que quieres estudiar.

—No pasa nada… Papá, hay algo que…, que quiero preguntarte.

Sol bajó la voz y los ojos y, removiendo el café con leche que ya estaba mezclado, preguntó si me había aprovechado de información privilegiada. Tardé en contestar.

—Lo siento Sol, soy culpable. Lo siento mucho. Compré acciones de Metalensa sabiendo que Auriv iba a adquirirla y que el precio subiría. Lo lamento, lo hice para que estuvieras orgullosa de mí, pero estuvo mal, fue una equivocación.

Mi hija me cogió la mano y me sentí reconfortado. De repente, el día pareció más claro, más dulce. Me sentía bien, la confesión reforzó la decisión judicial.

—Sol, voy a hacer algo…, algo con lo que puedo acabar en la cárcel, pero es lo correcto. Debo hacerlo, es mi penitencia, es la forma de afrontar mis pecados. Tengo que ser valiente como tú siempre dices, porque te confieso que tengo miedo.— Su mano reconfortante apretó la mía.

—El valor no consiste en no sentir miedo, sino en comérselo.

Unas semanas más tarde, se celebró el proceso de instrucción del atraco a la oficina, en el que Ada nos acusó de haber actuado con violencia. Tres meses después comenzó el juicio por torturas a Pedro, y el paso del tiempo hizo que solamente fueran mencionados en un breve artículo de La Nación, en una página par en la mitad del periódico.

El juicio por torturas se celebró en una pequeña sala de los juzgados de la plaza de Castilla. Diana y yo llegamos temprano, nos sentamos en unos bancos de made-ra y escuchamos en silencio el juicio anterior al nuestro. La jueza, con la cara ladeada y una mano sosteniéndola, daba la espalda a la pared. El fiscal estaba a su izquierda, y a la derecha, los abogados defensores acompañados de un procurador, todos disfrazados con togas desgastadas por el uso, con tonos tristes creciendo sobre el color negro originario.

Diana, que estaba embarazada de casi siete meses, quiso estar presente en el juicio pese a que yo le había insistido que no era necesario. Cuando Pedro llegó a la sala del juzgado, se colocó, sin mirarnos, en un lugar apartado. Con la cabeza hacia el suelo, frotó sus manos con ahínco como si quisiese quitar alquitrán de ellas.

Poco después aparecieron Rufo y Ginés acompañados de un tropel de abogados de Deep & Waters. Éstos hicieron tanto ruido que la jueza alzó por un momento la cabeza y el oficial de guardia les llamó la atención. Los ojos fríos de Rufo y la negra barba de Ginés me lanzaron amenazas como si fueran pirañas dispuestas a un ataque, pero mis ojos se mantuvieron impasibles. Mi abogado, vestido con un traje gris, entró en la sala minutos antes de que comenzase nuestro juicio.

El secretario del juzgado anunció el inicio de la causa por torturas a Pedro por parte de un funcionario público. Los abogados, después de haberse colocado sus togas pulcras y a medida, se sentaron en sus sillones correspondientes. La jueza bostezó mientras el secretario pidió a Pedro que se dirigiera al estrado. El fiscal, tras revolver unos papeles, comenzó a preguntar.

—¿Es usted Pedro López?

—Sí, señoría.

—¿Trabajaba usted en el departamento de contabilidad del Grupo Auriv?

—Sí, señoría.

—¿Junto a Alberto Achares y a Diana Lid?

—Sí, señoría.

—Describa cómo fue torturado por Ginés Pasamonte y Ricardo Rufo.

—No puedo hacerlo.

Apreté las manos de Diana.

—En el caso de que exista algún impedimento, podemos tomarle declaración en privado.

—¿Impedimento? En absoluto. Lo que quiero decir es que no fui torturado.

—¿Cómo dice? —La jueza habló por primera vez.

—Alberto Achares está mintiendo. Alberto estaba en mi casa junto con Diana durmiendo..., durmiendo con ella. Estaban durmiendo juntos, pero a mí nadie me torturó ni nada parecido. Está mintiendo.

En la diminuta sala se escuchó un revuelo de comentarios de los implicados en el juicio de Pedro y de los que esperaban para el siguiente juicio. Rufo y Ginés abrían sus bocas sonrientes, los dientes de oro resplandecieron y sus abogados se palmeaban la espalda mutuamente, satisfechos, como si hubieran realizado un gran trabajo. El fiscal miraba a Pedro y a la jueza, como si estuviera en un partido de tenis. Se dio por concluido el interrogatorio y se cerró la sesión.

Pedro nos esperaba a la salida del juzgado y nos habló casi escupiendo una frase que debía de haber preparado durante mucho tiempo: «Os deseo una vida feliz, aunque vuestra luna de miel familiar la pasaréis separados». Pedro sonrió con ironía y Diana movió tristemente la cabeza. El sarcasmo desapareció de su cara y se dio la vuelta, arrastrando, cabizbajo, los pies, como si la frase pensada para hacernos daño le hubiera herido más a él.

Varias semanas después, la resolución sobre el juicio de torturas fue tomada en una sala más grande. Al entrar tuve la impresión de estar ya condenado y cuando me ordenaron caminar hasta el estrado, lo hice como una modelo desfilando por un barrizal, introduciendo y sacando con lentitud sus altos tacones en el barro.

El fiscal, debido a la declaración de Pedro, solicitó un auto de sobreseimiento del caso por la negación a la tortura y la jueza dedujo testimonio del fiscal. Fui declarado culpable de denuncia falsa y condenado a un año de prisión, que no tuve que cumplir porque era mi primera condena y menor a dos años.

Sin embargo, cuando semanas después Diana y yo fuimos declarados culpables de atraco con violencia y condenados a un año y seis meses de prisión, yo sí tuve que cumplirla por mis antecedentes penales. Al salir del juzgado, llamé a Sol, que me repitió que había hecho lo correcto y que estaba muy orgullosa de su padre. Unas horas más tarde recibí un SMS de Palanca: «Lo siento mucho».

El proceso de la información privilegiada y abuso de mercado fue más largo, y se resolvió mientras yo estaba en la cárcel y cuando Martín, nuestro hijo ya había nacido. Salió una brevísima reseña en un periódico económico de tirada limitada. Rufo, Pedro y yo fuimos declarados culpables de abuso del mercado de valores por información privilegiada y penados con una multa proporcional al beneficio obtenido. Además, Rufo fue declarado culpable de falsificación de firmas. Afortunadamente, cumple su condena en una prisión distinta a la mía.

Pese a librarse de la acusación por tortura a Pedro, unos meses más tarde se descubrió que Ginés Pasamonte lideraba una trama de corrupción policial en Tetuán que incluía extorsión, cohecho y blanqueo de capitales. Está siendo procesado y ha sido portada en numerosas ocasiones.

Pasado el pánico de los primeros días, mi vida en la cárcel es monótona. Ocupo el tiempo leyendo La Nación y estudiando Derecho, especialmente las leyes y los artículos relacionados con la normativa internacional sobre el mercado de valores. El único momento agradable de la semana sucede durante las visitas, tanto de Sol como de Diana y Martín, un bebé que tiene la sonrisa de su madre y los ojos marrones de su padre, repletos de esperanza.

Queda muy poco para que termine mi condena. Hoy por la mañana han coincidido los tres en la visita. Esta noche, en la oscura soledad de la celda, después de que se apaguen las luces de la cárcel y los últimos suspiros se hayan terminado, los imaginaré sentados alrededor de una chimenea, con un vivo fuego que nos calienta la cara y nos hace sonreír.

FIN

Mateo Rodríguez-Braun (Buenos Aires, 1976) es economista y reside en España desde su infancia. Ha vivido y trabajado en Madrid, Nueva York y Londres. Su trayectoria incluye servicios de auditoría y consultoría en diversas entidades. En la actualidad, trabaja en el sector financiero. *Las cenizas fértiles* es su primera novela.

FICCIÓN LITERARIA
Caute publishing
Amsterdam